EL PROFETA

EL JARDÍN DEL PROFETA

Date: 2/17/22

**SP 892.3 GIB
Gibran, Kahlil,
El profeta : el jardín del
profeta /**

PALM BEACH COUNTY
LIBRARY SYSTEM
3650 SUMMIT BLVD.
WEST PALM BEACH, FL 33406
ALMA POCKET ILUSTRADOS

Título original: *The Prophet* y *The Garden of the Prophet*

La presente edición se ha publicado con la autorización de Editorial EDAF, S. L. U.
© Traducción: Mauro Armiño
Ilustraciones: Ana Inés Castelli

© de esta edición:
Anders Producciones S. L., 2019
info@editorialalma.com
www.editorialalma.com

Diseño de la colección: lookatcia.com
Diseño de cubierta: lookatcia.com
Maquetación y revisión: LocTeam

ISBN: 978-84-17430-73-3
Depósito legal: B11048-2019

Impreso en España
Printed in Spain

El papel de este libro proviene de bosques gestionados de manera sostenible.

Todos los derechos reservados. No se permite la reproducción total o parcial del libro, ni su incorporación a un sistema informático, ni su trasmisión en cualquier forma o por cualquier medio, sea éste electrónico, mecánico, por fotocopia, por grabación u otros métodos, sin el permiso previo por escrito de la editorial.

EL PROFETA
EL JARDÍN DEL PROFETA

Kahlil Gibran

Ilustraciones de
Ana Inés Castelli

Edición revisada y actualizada

ÍNDICE GENERAL

El profeta	7
El jardín del profeta	83

ÍNDICE

El retorno del barco	11
Del amor y del matrimonio	17
De los hijos	21
De las dádivas	22
De la comida y de la bebida	24
Del trabajo	25
De la alegría y de la tristeza	29
De las casas	31
De la vestimenta	33
De la compra y de la venta	34
Del crimen y del castigo	35
De las leyes	39
De la libertad	41
De la razón y de la pasión	44
Del dolor	47
Del conocimiento de uno mismo	48
De la enseñanza	49
De la amistad	51
De la conversación	53
Del tiempo	55
Del bien y del mal	56
De la oración	58
Del placer	61
De la belleza	63
De la religión	65
De la muerte	67
Despedida	70

EL RETORNO DEL BARCO

Almustafá, el elegido, el bienamado, aurora de su propio día, había aguardado durante doce años en la ciudad de Orfalís el regreso del barco que debía devolverlo a la isla que lo vio nacer.

Y en el duodécimo año, el séptimo día de Ailul, mes de las cosechas, subió a la colina que se alzaba junto a los muros de la ciudad, miró el mar y divisó su barco surgiendo entre la bruma.

Se abrieron entonces de par en par las puertas de su corazón, y dejó volar su júbilo sobre el mar, a lo lejos. Y cerrando los ojos, meditó en el silencio de su alma.

Pero cuando bajaba de la colina una honda tristeza se apoderó de él y pensó en su corazón:

«¿Cómo podré marcharme en paz y sin pesar?... No... No podré abandonar esta ciudad sin un desgarrón en mi alma.

Muchos han sido los días del dolor que pasé entre sus muros y largas las noches de soledad infinita... ¿Quién puede separarse sin pena de su dolor y de su soledad?

Muchos fragmentos de espíritu he derramado yo en estas calles, y muchos son los hijos de mis anhelos que caminan desnudos entre estas colinas; ¿cómo alejarme de ellos sin agobio y sin aflicción?

No es una túnica lo que hoy me quito, es una piel lo que desgarro con mis propias manos.

Tampoco es un pensamiento lo que dejo, sino un corazón suavizado por el hambre y por la sed.

Pero más no puedo detenerme.

El mar, que llama todo hacia su seno, me llama ahora a mí, y debo embarcarme.

Porque quedarse aquí, aunque las horas ardan en la noche, es helarse, cristalizarse, quedar preso en un molde.

Gustoso llevaría conmigo todo cuanto hay aquí, pero ¿cómo llevármelo?

Una voz no puede llevarse consigo la lengua y los labios que le prestaron alas. Una voz debe buscar el éter.

Y sola, sin su nido, volará el águila desafiando al sol».

Cuando hubo llegado al pie de la colina, miró de nuevo al mar, vio su barco acercándose a puerto, y en la proa marineros, hombres de su propia tierra.

Y su alma desde el fondo les gritó:

«Hijos de mi antigua madre, jinetes de las mareas: ¡cuán a menudo habéis surcado mis sueños!

Y ahora venís en mi despertar, que es mi más profundo sueño.

Dispuesto estoy a partir, y mi impaciencia, con las velas desplegadas, sólo aguarda el viento.

Una vez más, la última, aspiraré una bocanada de este aire quieto, sólo una vez más miraré hacia atrás amorosamente.

Y luego estaré entre vosotros, navegante entre los navegantes.

Y tú, ancha mar, madre sin sueño, la única que eres paz y libertad para el arroyo y el río.

Permite un meandro más a esta corriente, un murmullo más a esta cañada; y luego iré a tu encuentro, como gota infinitesimal en un océano sin límites».

Y mientras caminaba veía a lo lejos a los hombres y mujeres dejar sus campos y sus viñas y dirigirse presurosos hacia las puertas de la ciudad.

Y oyó sus voces que lo llamaban por su nombre, y que a gritos, de un campo a otro, se participaban la llegada del barco.

Y se dijo a sí mismo:

«¿Será acaso el día de la partida el del encuentro?
¿Será mi crepúsculo en realidad mi aurora?
¿Y qué ofreceré yo a quien dejó su arado en la mitad del surco, o a quien detuvo la rueda de su lagar?
¿Se convertirá mi corazón en un árbol cargado de frutos que yo pueda recoger para regalárselos?
¿Manarán mis deseos como una fuente para que yo llene sus copas?
¿Seré un arpa bajo los dedos del Poderoso, o una flauta por la que fluya su aliento?

Buscador de silencios: eso es lo que soy; mas ¿he hallado acaso en los silencios un tesoro que pueda ofrecer sin desconfianza?
Si es éste mi día de cosecha, ¿en qué campos sembré la semilla, y en qué olvidadas estaciones?
Si es ésta, en verdad, la hora en que debo levantar mi antorcha, no será mi llama la que arderá en ella.
Vacía y oscura alzaré mi antorcha.
Y el guardián de la noche la llenará de aceite y la encenderá».

En palabras dijo estas cosas. Pero en su corazón quedó mucho sin decir. Ni él mismo podía expresar su secreto más profundo.

Y cuando entró en la ciudad, toda la gente fue a su encuentro y a gritos lo llamaban con voz unánime.

Y los ancianos de la ciudad se acercaron y dijeron:

«No nos abandones todavía.
Fuiste un mediodía en nuestro crepúsculo y tu juventud nos ha enseñado a soñar.
No eres extranjero entre nosotros; tampoco un huésped, sino nuestro hijo y nuestro bienamado.
Que no tengan que sufrir nuestros ojos hambre de tu rostro».

Y los sacerdotes y las sacerdotisas le dijeron:

«No permitas que las olas del mar nos separen, ni que los años que viviste entre nosotros se conviertan en recuerdo.

Como espíritu has caminado entre nosotros, y tu sombra fue luz sobre nuestros rostros.

Mucho te hemos amado, mas nuestro amor no tuvo palabras, y estuvo cubierto con velos.

Mas ahora clama en voz alta y se alza para revelarse ante ti.

Así ocurrió siempre: el amor no conoce su honda profundidad hasta el momento de la separación».

Y otros vinieron también a suplicarle. Mas él no respondió. Sólo se limitó a inclinar la cabeza y quienes estaban a su lado vieron rodar lágrimas por su pecho.

Y él, y la gente con él, se dirigió hacia la gran plaza, frente al templo.

Y del santuario salió una mujer llamada Almitra, que era vidente.

Y él la miró con inefable ternura, porque fue la primera que lo buscó y creyó en él cuando apenas llevaba un día en la ciudad.

Y ella lo saludó diciendo:

«Profeta de Dios, buscador de infinitos; mucho tiempo has horadado la distancia en busca de tu barco; ahora tu barco es llegado, y te urge el partir.

Honda es tu nostalgia por la tierra de tus recuerdos, por esa morada de tus mayores deseos. No te atará nuestro amor, no detendrán tu paso nuestras necesidades. Mas antes de que nos dejes te rogamos que nos hables y nos des el don de tu verdad.

Nosotros se lo daremos a nuestros hijos, y a los hijos de nuestros hijos, y así no perecerá.

En tu soledad has sido el centinela de nuestros días, y en tu vigilia has oído el llanto y la risa de nuestro sueño.

Por eso ahora te pedimos que nos descubras a nosotros mismos, y nos digas cuanto te ha sido revelado sobre el nacimiento y la muerte».

Y él respondió:

«Pueblo de Orfalís, ¿de qué puedo hablaros sino de lo que en todo momento vibra en vuestras almas?».

DEL AMOR Y DEL MATRIMONIO

Y Almitra dijo entonces: «Háblanos del amor».

Y él alzó su cabeza, paseó su mirada entre la gente, y se produjo un silencio. Entonces, con voz fuerte, dijo:

«Cuando el amor os llegue, seguidlo.
Aunque sus senderos sean arduos y penosos.
Y cuando os envuelva bajo sus alas, entregaos a él.
Aunque la espada escondida entre sus plumas os hiera.
Y cuando os hable creed en él.
Aunque su voz sacuda vuestros sueños como hace el viento del norte, que arrasa los jardines.

Porque igual que el amor os regala, así os crucifica.
Porque así como os hace prosperar, así os siega.
Así como se remonta a lo más alto y acaricia vuestras ramas más delicadas que tiemblan al sol, así descenderá hasta vuestras raíces y las sacudirá desarraigándolas de tierra.
Como a espigas de trigo os cosechará.
Os desgranará hasta dejaros desnudos.
Os cernerá hasta libraros de vuestro pellejo.
Os molerá hasta conseguir la indeleble blancura.
Os amasará para que lo dócil y lo flexible brote de vuestra dureza.
Y os destinará luego al fuego sagrado, para que podáis convertiros en el sagrado pan para el sagrado festín de Dios.
Todo esto hará el amor con vosotros, para que conozcáis los secretos de vuestro propio corazón y así lleguéis a convertiros en un fragmento del corazón de la Vida.

Mas si vuestro miedo os hace buscar sólo la paz y el placer del amor, entonces mejor sería que cubrierais vuestra desnudez y os alejarais de sus umbrales hacia un mundo sin estaciones, donde reiréis, pero no con toda vuestra risa; donde lloraréis, pero no con todas vuestras lágrimas.

El amor no da sino a sí mismo, y nada toma sino de sí mismo.
El amor no posee ni quiere ser poseído.
Porque el amor se basta en el amor.

Cuando améis, no digáis: "Dios está en mi corazón", sino "estoy en el corazón de Dios".
Y no creáis que podréis dirigir el curso del amor: será él quien, si os halla dignos, dirigirá vuestro curso.

El amor no tiene más deseo que realizarse.
Mas si amáis y no podéis evitar tener deseos,
que vuestros deseos sean éstos:

Fluir y ser como el arroyo que murmura su melodía en la noche.
Conocer el dolor de la excesiva ternura.
Caer heridos por vuestro propio conocimiento del amor, y sangrar plena y alegremente.
Despertar al alba con un corazón alado y dar gracias por otro día más de amor.
Reposar al mediodía y meditar sobre el éxtasis amoroso.
Volver al hogar cuando la tarde cae, y volver agradecidos.
Y dormir luego con una plegaria por el ser amado en vuestro corazón y con una canción de alabanza en vuestros labios».

Nuevamente Almitra habló y dijo: «¿Qué tienes que decirnos del matrimonio, Maestro?».

Y ésta fue su respuesta:

«Nacisteis juntos y juntos permaneceréis para siempre.
Aunque las blancas alas de la muerte dispersen vuestros días.
Juntos estaréis en la memoria silenciosa de Dios.
Mas dejad que en vuestra unión crezcan los espacios.
Y dejad que los vientos del cielo dancen entre vosotros.
Amaos uno a otro, mas no hagáis del amor una prisión.
Mejor es que sea un mar que se mezca entre las orillas de vuestra alma.
Llenaos mutuamente las copas, pero no bebáis sólo en una.
Compartid vuestro pan, mas no comáis de la misma hogaza.
Cantad y bailad juntos, alegraos, pero que cada uno de vosotros conserve la soledad para retirarse a ella a veces.
Hasta las cuerdas de un laúd están separadas, aunque vibren con la misma música.
Ofreced vuestro corazón, pero no para que se adueñen de él.
Porque sólo la mano de la Vida puede contener vuestros corazones.
Y permaneced juntos, mas no demasiado juntos,
porque los pilares sostienen el templo, pero están separados.
Y ni el roble ni el ciprés crecen el uno a la sombra del otro».

DE LOS HIJOS

Y una mujer que estrechaba una criatura contra su seno se acercó y dijo: «Háblanos de los hijos».

Y él respondió:

> «Vuestros hijos no son vuestros hijos.
> Son los hijos y las hijas del anhelo de la Vida,
> ansiosa por perpetuarse.
> Por medio de vosotros se conciben, mas no de vosotros.
> Y aunque estén a vuestro lado, no os pertenecen.
> Podéis darles vuestro amor, no vuestros pensamientos, porque ellos tienen sus propios pensamientos.
> Podéis albergar sus cuerpos, no sus almas, porque sus almas habitan en la casa del futuro, cerrada para vosotros, cerrada incluso para vuestros sueños.
> Podéis esforzaros por ser como ellos, mas no tratéis de hacerlos como vosotros, porque la vida no retrocede ni se detiene en el ayer.
> Sois el arco desde el que vuestros hijos son disparados como flechas vivientes hacia lo lejos.
> El Arquero es quien ve el blanco en el camino del infinito, y quien os doblega con Su poder para que Su flecha vaya rauda y lejos. Dejad que vuestra tensión en manos del Arquero se moldee alegremente. Porque así como Él ama la flecha que vuela, así ama también el arco que se tensa».

DE LAS DÁDIVAS

Entonces un hombre rico dijo: «Háblanos de las dádivas».

Y él respondió:

«Dais muy poco cuando lo que dais es de vuestro patrimonio.
Sólo dais realmente cuando dais algo de vosotros mismos.
¿Qué son vuestras posesiones sino cosas que atesoráis por temor a necesitarlas mañana?
Y mañana, ¿qué traerá el mañana al perro previsor que entierra huesos en la arena no hollada mientras sigue a los peregrinos hacia la ciudad santa?
Y ¿qué es el temor a la necesidad sino la necesidad misma?
Cuando el pozo está lleno, ¿no es realmente el miedo a la sed una sed insaciable?
Algunos dan un poco de lo mucho que tienen, y lo dan buscando el agradecimiento: ese deseo oculto convierte sus dádivas en algo sin valor.
Algunos tienen poco, y lo dan todo.
Éstos son los que creen en la vida y en la generosidad de la vida: su cofre nunca está vacío.
Algunos dan con placer, y ese placer es su recompensa.
Algunos dan con dolor, y ese dolor es su bautismo.
Algunos dan y no conocen el dolor de dar, ni buscan el placer de dar, ni lo dan conscientes de la virtud de dar.
Dan como el mirto en el valle que ofrece su fragancia al aire.
Por las manos de los que son como esos seres habla Dios, y desde el fondo de sus ojos Dios sonríe sobre el mundo.
Bueno es dar cuando os piden, pero mejor es dar antes, movidos del propio corazón.
Y para el hombre de puño abierto, la búsqueda del menesteroso es mayor placer aún que el dar.

¿Y hay algo vuestro que pueda guardarse?

Todo cuanto tenéis será dado algún día.

Dad pues ahora, para que la estación de las dádivas sea vuestra y no de vuestros herederos.

A menudo decís: "Yo daría, pero sólo a quien lo merezca".

Los árboles de vuestro huerto no hablan así, ni los rebaños de vuestros campos.

Dan para poder vivir, porque guardar es morir.

Porque quien es digno de recibir sus días y sus noches merece recibir de vosotros todo lo demás.

Y quien mereció beber el océano de la vida, merece llenar su copa en vuestro arroyuelo.

¿Hay merecimiento mayor que el de quien da el valor y la confianza —no la caridad— de recibir?

¿Y quiénes sois vosotros para que los hombres os muestren su seno y os descubran su soberanía, quiénes sois para atreveros a ver al desnudo sus méritos y su dignidad?

Mirad primero si merecéis ser dadores y los instrumentos de la dádiva.

Porque en verdad, es la vida la que da a la vida, mientras que vosotros que os creéis dadores no sois mas que testigos.

Y vosotros los que recibís —todos sois receptores— no asumáis sobre vosotros el peso de la gratitud, para no uncir con un mismo yugo a vosotros y a quien os da.

Alzaos junto con el donante cuando da por encima de sus dádivas como sobre alas.

Porque exagerar vuestra gratitud es dudar de su generosidad, que tiene por madre a la tierra de corazón abierto y a Dios por padre».

DE LA COMIDA Y DE LA BEBIDA

Entonces un anciano posadero dijo: «Háblanos de la comida y la bebida».

Y él respondió:

«Ojalá pudierais vivir de la fragancia de la tierra, y ser como las plantas aéreas sustentadas por la luz. Pero ya que debéis matar para comer, y robar al recién nacido la leche materna para saciar vuestra sed, haced que éstos sean actos de adoración.

Y haced que vuestra mesa sea un altar donde se sacrifiquen los puros y los inocentes del bosque y la pradera en aras de lo que todavía hay de más puro e inocente en el hombre.

Cuando matéis un animal, decidle en vuestro corazón: "Por el mismo poder que se sacrifica, también yo seré sacrificado e igualmente consumido. La misma ley que te ha puesto en mis manos me dejará a mí en manos más poderosas.

Tu sangre y la mía no son sino la savia que alimenta el árbol del cielo".

Y cuando mordáis una manzana, decidle en vuestro corazón:
"Tus semillas habitarán en mi cuerpo.

Y las yemas de tu mañana florecerán en mi corazón.

Y tu fragancia será mi aliento.

Y juntos gozaremos en las estaciones de la eternidad".

Y en el otoño, cuando cosechéis las uvas de vuestras viñas para guardarlas en el lagar, decidles en vuestro corazón:

"También yo soy una viña, y mi fruto será llevado al lagar.

Y como vino nuevo seré guardado en odres eternos.

Y en invierno, cuando apuréis el vino, haced que en vuestro corazón haya siempre un canto para cada copa.

Y dejad que en ese canto vibre un momento el recuerdo de los días otoñales, un recuerdo de la viña y del lagar"».

DEL TRABAJO

Luego un labrador dijo: «Háblanos del trabajo».

Y él respondió:

«Trabajáis para ir al ritmo de la tierra y del alma de la tierra.

Porque permanecer ocioso es ser un extraño para las estaciones y desertar del cortejo de la vida, que camina con majestad y orgullosa sumisión hacia el infinito.

Cuando trabajáis sois una flauta a través de cuyo corazón el murmullo de las horas se convierte en melodía.

¿Quién de vosotros querría ser un caramillo mudo y silente mientras todo lo demás canta al unísono?

Siempre os han dicho que el trabajo es maldición, y el laboreo un infortunio.

Mas yo os digo que cuando trabajáis cumplís una parte del más remoto sueño de la tierra, una parte que os fue asignada a vosotros cuando el sueño nació.

Y trabajando estáis en verdad amando a la vida.

Y amar a la vida mediante el trabajo es estar en intimidad con el secreto más recóndito de la vida.

Mas si en vuestra aflicción llamáis dolor al nacimiento y maldición escrita sobre vuestra frente a lo que sostiene la carne, entonces os contesto que sólo el sudor de vuestra frente lavará lo que en ella está escrito.

Os han dicho también que la vida es oscuridad, y en medio de vuestro cansancio no hacéis sino repetir, como eco, lo que dijo el fatigado.

Mas yo os digo que en verdad la vida es oscuridad cuando no hay actividad ninguna.

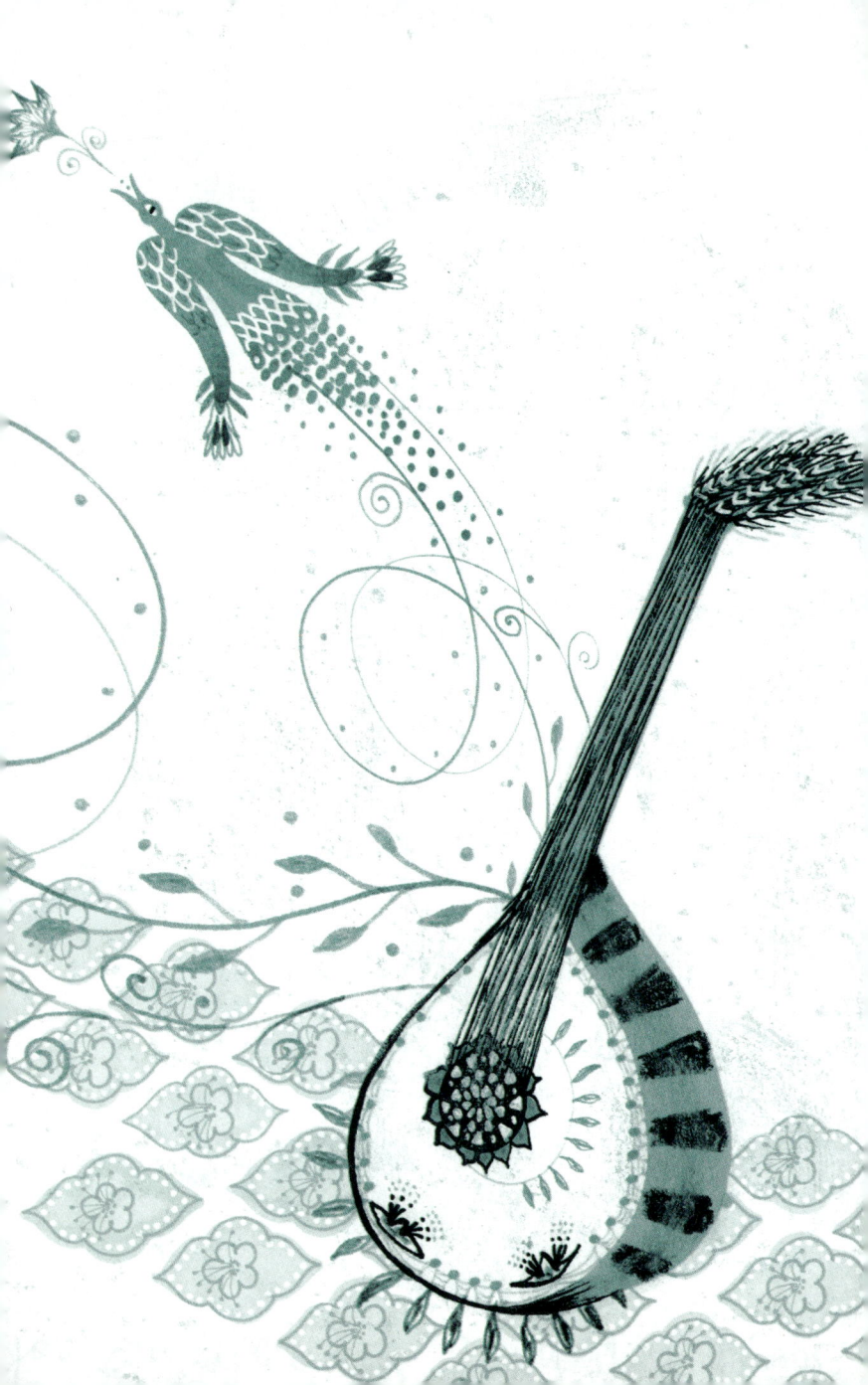

Que toda actividad es ciega cuando no hay conocimiento.
Que todo conocimiento es vano cuando no hay trabajo.
Que todo trabajo es vacío cuando no hay amor.

Porque cuando trabajáis con amor estáis en armonía con vosotros mismos, y con los demás, y con Dios.

Y ¿qué es trabajar con amor?

Es tejer la tela con hilos extraídos de vuestro corazón, como si vuestro ser amado fuera a usar esa tela.

Es levantar una morada con cariño, como si el ser más amado por vosotros fuera a vivir en ella.

Es sembrar con ternura y cosechar con alegría, como si el ser más amado por vosotros fuera a alimentarse con los frutos.

Es infundir en todas las cosas que creáis el aliento de vuestro propio espíritu.

Y saber que todos los muertos queridos están a vuestro lado, y os observan.

Con frecuencia os he oído decir, como si hablaseis en sueños:

"Quien trabaja en el mármol y talla en la piedra la forma de su propia alma, es más noble que quien ara los surcos. Y quien rapta el arcoíris para plasmar sus colores sobre una tela a imagen de un hombre, es más que quien hace las sandalias".

Mas yo os digo, no en sueños, sino cuando más despierto estoy, que el viento habla con igual dulzura a los gigantescos robles que a las hierbas más insignificantes; y que sólo es grande quien transforma la voz del viento en melodía, más dulce aún gracias por su propia capacidad de amar.

El trabajo es amor hecho presencia.

Y si no podéis trabajar con amor, sino con disgusto, mejor es que dejéis vuestra tarea y os sentéis a la puerta del templo para pedir limosna a quienes trabajan con gozo.

Porque si amasáis el pan con indiferencia, estáis haciendo un pan amargo que sólo a medias aplacará el apetito de un hombre.

Y si pisáis las uvas de mala gana, vuestra desgana destila veneno sobre el vino.

Y aunque cantéis como los ángeles, si no amáis el canto estáis impidiendo que los oídos del hombre escuchen las voces del día y las voces de la noche».

DE LA ALEGRÍA Y DE LA TRISTEZA

Entonces fue una mujer la que pidió: «Háblanos de la alegría y la tristeza».

Y él respondió:

«Vuestra alegría es vuestra tristeza sin máscara.
Y el mismo pozo del que mana vuestra risa, ha estado con frecuencia lleno de vuestras lágrimas.
¿Cómo podría ser de otra manera?
Cuanto más profundo ahonde el pesar en vuestro corazón, más alegría podrá contener.
La copa que contiene vuestro vino, ¿no es la misma que estuvo quemándose en el horno del alfarero?
Y el laúd que serena vuestro ánimo, ¿no es la misma madera que fue tallada con cuchillos?
Cuando tembléis de alegría, mirad en lo hondo de vuestro corazón y comprobaréis entonces que sólo lo que os ha dado tristeza os está devolviendo alegría.
Cuando tembléis de tristeza, mirad nuevamente en vuestro corazón, y comprobaréis que estáis llorando por lo que antes fuera vuestra alegría.
Algunos de vosotros soléis decir: "La alegría es superior a la tristeza", y otros: "No, la tristeza es superior".
Mas yo os digo que ambas son inseparables.
Juntas llegan, y cuando una se sienta a vuestro lado en la mesa, la otra espera durmiendo en vuestra cama.
Realmente estáis como el fiel de la balanza entre vuestra alegría y vuestra tristeza.
Sólo cuando estáis vacíos vuestro peso está quieto y en equilibrio.
Cuando el guardián del tesoro os llame para pesar su oro y su plata, vuestra alegría o vuestra tristeza harán oscilar a un lado o a otro el fiel de la balanza».

DE LAS CASAS

Se adelantó un albañil y dijo: «Háblanos de las casas».

Y él respondió:

«Levantad con vuestra imaginación una enramada en el bosque antes que construir una casa dentro de las murallas de la ciudad.

Porque aunque en vuestro ocaso sintáis deseos de hogar, de igual manera ese otro yo vagabundo que en vosotros habita anhelará siempre la lejanía y la soledad.

Vuestro cuerpo es vuestra mayor morada.
Crece bajo el sol y duerme en la quietud de la noche. Y sueña.
¿No sueña acaso vuestra morada? ¿No abandona soñando la ciudad para buscar el bosquecillo o la cima de la colina?

¡Ay, si yo pudiera juntar vuestras moradas en mi mano y, como hace el sembrador, desparramarlas por bosques y praderas!

Querría que los valles fueran vuestras avenidas, y los verdes caminos vuestras callejuelas, para que pudierais buscaros unos a otros por los viñedos y luego volvierais con la fragancia de la tierra prendida a vuestras ropas.

Pero aún no es la hora de que esto suceda.

En su miedo vuestros antepasados os pusieron demasiado cerca unos de otros. Ese miedo todavía ha de durar. Durante cierto tiempo aún las murallas de vuestra ciudad separarán vuestros hogares de vuestros campos.

Y decidme, pueblo de Orfalís, ¿qué tenéis en esas casas? ¿Qué guardáis tras puertas y candados?

¿Tenéis paz, el ánimo sereno que revela vuestro poder?

¿Tenéis recuerdos que como lucientes arcos unen las cimas de la mente?

¿Tenéis la belleza, que lleva el corazón desde las casas hechas en madera y piedra hasta la montaña sagrada?

Decidme: ¿tenéis eso en vuestras casas?

¿O solamente comodidades, y ansia de comodidad que a escondidas penetra en la casa como advenedizo y luego se convierte en invitado y finalmente en amo y señor?

Y ¡ay!, llega a ser el domador, y con látigo y garfio hace marionetas de vuestros mayores deseos.

Sus manos son de seda, mas su corazón de hierro.

Arrulla vuestro sueño, mas sólo para colocarse junto a vuestro lecho y escarnecer la dignidad de la carne.

Se burla de vuestros sentidos para tirarlos luego en el cardizal como si fueran frágiles barquillas.

En verdad os digo que la concupiscencia de comodidad mata la pasión del alma, y luego acompaña entre muecas y risas el funeral.

Mas vosotros, criaturas del espacio, vosotros, los inquietos en el descanso, no seréis atrapados ni domados.

Vuestra casa no será ancla, sino mástil.

No será la cinta brillante que cubre la herida, sino el párpado que protege la pupila.

No plegaréis las alas para cruzar las puertas, ni inclinaréis vuestra cabeza para no golpearla contra el techo, ni temeréis respirar por miedo a que las paredes se agrieten y derrumben.

No habitaréis tumbas hechas por los muertos para los vivos.

Y aunque vuestra casa sea magnífica y espléndida, no aprisionará vuestro secreto ni encerrará vuestros anhelos.

Porque lo que en vosotros es infinito, habita en la casa del cielo, cuya puerta es la niebla de la mañana y cuyas ventanas son los cantos y los silencios de la noche».

DE LA VESTIMENTA

Un tejedor pidió: «Háblanos de la vestimenta».

Y él respondió:

«Vuestras ropas ocultan mucho de vuestra belleza, mas no esconden lo que no es bello.

Y aunque busquéis en las prendas de vestir la libertad de lo personal, quizá halléis en ellas un arnés y una cadena.

Ojalá fuerais al encuentro del sol con algo más de vuestra piel y algo menos de vuestras ropas.

Porque el aliento de la vida palpita en la luz del sol, y la mano de la vida en el viento.

Algunos decís: "Es el viento del norte el que ha tejido las ropas que llevamos".

Mas yo os digo: "Sí, fue el viento del norte.

Pero lo tejió en el telar de la vergüenza, y la debilidad de carácter fueron sus hijos.

Y cuando su trabajo estuvo terminado, se echó a reír en medio del bosque.

No olvidéis que el pudor no es ninguna coraza contra los ojos del impuro.

Y cuando el impuro ya no exista, ¿qué será el pudor sino cadenas e impureza de la mente?

Y no olvidéis que la tierra goza al sentir vuestros pies desnudos, y que el viento anhela jugar con vuestros cabellos"».

DE LA COMPRA Y DE LA VENTA

Y un mercader dijo: «Háblanos de la compra y de la venta».

Y él respondió:

«La tierra os brinda sus frutos, y sólo con que aprendáis a llenar vuestras manos no pasaréis necesidades.

Y en el intercambio de los frutos de la tierra hallaréis abundancia y satisfacción.

Pero si el intercambio no se hace con amor y bondadosa justicia, llevará a unos a la codicia, a otros al hambre.

Cuando vosotros, mercaderes del mar, de los campos y de los viñedos, encontréis en el mercado a tejedores, alfareros y cosecheros de especias, invocad al espíritu de la tierra para que os acompañe en los tratos y santifique las balanzas y medidas, y para que tase la recíproca relación de los valores.

Y no permitáis que el hombre de manos estériles participe en vuestros tratos, porque trataría de vender sus palabras al precio del trabajo realizado por vosotros.

A esos hombres decidles: "Venid con nosotros a los campos, o id con nuestros hermanos al mar, y arrojad vuestras redes. Porque tierra y mar serán tan generosos con vosotros como lo son con nosotros".

Y si acudieran los cantores y los bailarines y los tañedores de flauta, no dejéis de comprar lo que os ofrezcan.

Porque también ellos son recolectores de frutos y de inciensos, y lo que traen, aunque está hecho de sueños, es abrigo y alimento para vuestro espíritu.

Y antes de abandonar el mercado, comprobad que nadie se marcha con las manos vacías.

Porque el espíritu de la tierra no dormirá en paz sobre el viento hasta no ver satisfechas las necesidades del más pequeño de vosotros».

DEL CRIMEN Y DEL CASTIGO

Y uno de los jueces de la ciudad, adelantándose, dijo: «Háblanos del crimen y del castigo».

Y él respondió:

«Cuando vuestro espíritu vaga en el viento, entonces, solos y desprevenidos, cometéis una falta con los demás, y por lo tanto con vosotros mismos.

Y por ese error cometido, debéis llamar a la puerta del bienaventurado, y esperar un instante.

Como el inmenso mar es el dios de vuestro yo; siempre se mantiene libre de mancha.

Y como el éter, sólo eleva a lo que tiene alas.

Como el sol es el dios de vuestro yo: no conoce las galerías del topo ni los agujeros donde se guarece la serpiente.

Pero el dios de vuestro yo no habita solo en vuestro ser.

En vosotros todavía hay mucho que es hombre, y mucho que todavía no lo es, una forma grotesca que camina dormida entre la niebla en busca de su propio despertar.

Y del hombre que hay en vosotros quisiera hablar ahora.

Porque es él, y no el dios de vuestro yo ni la forma grotesca que camina entre la niebla, la que conoce el crimen y el castigo del crimen.

A menudo os he oído hablar del hombre que comete un delito, como si él no fuera uno de vosotros sino un extraño y un intruso en vuestro mundo.

Mas yo os digo que, de igual forma que el más santo y el más justo no puede elevarse por encima de lo más sublime que existe en cada uno de vosotros, tampoco el débil y el malvado pueden caer más abajo de lo más bajo que existe en cada uno de vosotros.

Y de igual forma que ni una sola hoja se torna amarilla sin el silente conocimiento del árbol todo, tampoco el malvado puede hacer el mal sin la oculta voluntad de todos vosotros.

Como en peregrinación, camináis todos juntos hacia el dios de vuestro yo. Vosotros sois el camino y el caminante.

¡Ay! Y cae por quienes le precedieron, por aquéllos que más ágiles y seguros en su paso no apartaron sin embargo el obstáculo del camino.

Y sabed esto también, aunque mis palabras hieran con fuerza vuestros corazones.

El asesinado es también responsable de su propio asesinato.

Y el robado es también responsable de su propio robo.

Y el justo no es inocente de los actos del malvado.

Y el puro no es ajeno a los actos del felón.

Sí, porque muchas veces el condenado es víctima del ofendido. Y con más frecuencia aún, el reo carga con la culpa del inocente y del puro.

No podéis separar al justo del injusto, ni al bueno del malvado.

Porque juntos están frente al rostro del sol, de igual forma que el hilo blanco y el hilo negro están juntos en la trama del tejido.

Y cuando el hilo negro se rompe, el tejedor revisa la tela entera, y también el telar.

Si alguien de vosotros llevara a juicio a la mujer infiel, poned también en la balanza el corazón de su marido, y pesad también en la balanza la verdad de su alma.

Y haced que quien quiera castigar al ofensor escudriñe bien antes el espíritu del ofendido.

Y si alguno de vosotros quisiera castigar en nombre de la justicia, y descargar el hacha contra el tronco malo, haced que mire bien sus propias raíces.

Y en verdad os digo que encontrará las raíces del bien y del mal, de lo fructífero y de lo estéril juntas y entretejidas en el silente corazón de la tierra.

Y vosotros, jueces, que pretendéis ser justos:

¿Qué sentencia pronunciaréis contra quien, aunque honesto según la carne, es ladrón en espíritu?

¿Qué condena impondréis a quien asesina según la carne cuando él mismo ha sido muerto en el espíritu?

Y ¿cómo juzgaréis a quien en sus acciones es impostor y tirano, si a su vez también es ofendido y humillado?

Y ¿cómo castigaríais a aquéllos cuyo remordimiento es mayor ya que su delito?

¿No es remordimiento la justicia administrada según la ley misma que deseáis servir?

Y sin embargo, no podréis imponer el remordimiento en el corazón del inocente, ni hacerlo desaparecer del corazón del culpable.

Vendrá en la noche, espontáneamente y sin ser invitado, para que los hombres despierten y escruten su propio corazón.

Y vosotros, los que os pretendéis llamados a entender de lo justo y de lo injusto, ¿cómo podríais hacerlo si no miráis todos los hechos a plena luz del día?

Sólo así podríais saber que tanto el que está en pie como el caído no son sino un solo y mismo hombre, de pie en el crepúsculo, entre la noche de su yo grotesco y el día del dios de su yo.

Y que la piedra angular del templo no es superior a la piedra más hundida que haya en sus cimientos».

DE LAS LEYES

Entonces un jurista preguntó: «Maestro, ¿qué nos decís de nuestras leyes?».

Y él respondió:

«Os deleitáis haciendo leyes.
Y os deleitáis más aún quebrantándolas.
Como esos niños que jugando junto al mar levantan con paciencia castillos de arena, que luego destruyen entre risas.
Sin embargo, mientras levantáis vuestros castillos de arena, la mar trae más arena a la playa.
Y cuando los destruís, el mar se ríe con vosotros.
En verdad os digo que el mar ríe siempre con el inocente.

Mas ¿qué sucede con aquéllos para quienes la vida no es un mar, ni las leyes de los hombres son castillos de arena; con aquéllos para quienes la vida es una roca, y la ley un cincel con el que pueden grabar su propia figura en la roca?
¿Qué sucede con el paralítico que odia a los danzantes?
¿Qué sucede con el buey que ama su yugo y juzga al alce y al ciervo de los bosques vagabundos sin ley?
¿Qué sucede con la vieja serpiente que no puede mudar de piel y llama desnudas y desvergonzadas a las otras?
¿Qué sucede con quien llega temprano a la fiesta de bodas, y una vez que se cansó y hartó de comer, se marcha diciendo que todas las fiestas son violaciones, y que los invitados son violadores de la ley?
¿Qué puedo decir de ellos, salvo que reciben como todos la luz del sol, pero de espaldas?
Sólo ven sus sombras, y sus sombras son sus leyes.
¿Qué es para ellos el sol sino crisol de sombras?
¿Y qué es acatar las leyes, sino encorvarse para rastrear las sombras sobre la tierra?

Mas, a vosotros que camináis de cara al sol, ¿qué sombras dibujadas en el suelo pueden deteneros?

A vosotros que viajáis con el viento, ¿qué veleta os marcará vuestro camino?

¿Qué ley humana será capaz de ataros si rompéis vuestro yugo, mas no contra la puerta de las prisiones levantadas por los hombres?

¿Qué ley habéis de temer si al danzar no tropezáis con las cadenas de hierro de los hombres?

Y ¿quién os llevará ante los jueces si desgarráis vuestras vestiduras pero no las abandonáis en el campo de hombre alguno?

Pueblo de Orfalís: podéis cubrir el tambor, podéis aflojar las cuerdas de la lira; mas, ¿quién impedirá a la alondra del cielo cantar?».

DE LA LIBERTAD

Y un orador dijo: «Háblanos de la libertad».

Y él respondió:

«A las puertas de la ciudad y junto al fuego de vuestros hogares, os he visto de rodillas adorando vuestra propia libertad.
Como esclavos que se humillan ante el tirano y lo ensalzan mientras él los martiriza.
Sí, en el jardín del templo, a la sombra de la ciudadela, he visto a los más libres de vosotros llevar vuestra libertad como un yugo, como un dogal.
Y mi corazón sangró en mi interior, porque sólo seréis libres cuando el deseo de la libertad no sea un arnés para vosotros, y cuando dejéis de hablar de libertad como de una meta y de un logro.

Seréis libres de verdad cuando vuestros días no transcurran sin preocupaciones, cuando vuestras noches no estén vacías de necesidad ni de pena.
Lo seréis cuando esas cosas acosen por todas partes vuestra vida y desnudos y sin ataduras consigáis sobreponeros a ellas.
Mas ¿cómo podréis elevaros sobre vuestros días y vuestras noches sin romper antes las cadenas que atasteis, en el amanecer de vuestro entendimiento, alrededor de vuestro mediodía?
En verdad que eso que llamáis libertad es la más fuerte de vuestras cadenas, aunque sus eslabones relumbren al sol y deslumbren vuestros ojos.

Y ¿qué sino fragmentos de vuestro propio yo es lo que desecharéis para poder ser libres?
Si lo que queréis abolir es una ley injusta, debéis saber que esa ley fue escrita por vuestra propia mano sobre vuestra propia frente.

No conseguiréis borrarla quemando vuestros códigos ni lavando las frentes de vuestros jueces, aunque vaciéis todo un mar sobre ellas.

Y si es a un tirano a quien queréis destronar, cuidad para que el trono que le habéis erigido en vuestro interior sea también destruido.

Porque, ¿cómo puede el tirano someter al libre y al altivo, si en su propia libertad no hay tiranía, ni vergüenza en su propio orgullo?

Y si es una inquietud lo que queréis borrar, esa inquietud fue elegida por vosotros, nadie os la impuso.

Y si es un miedo lo que queréis borrar, sabed que el sitial del miedo está en vuestro corazón y no en el puño del temido.

En verdad os digo que todas las cosas se agitan dentro de vosotros en constante abrazo: las cosas que deseáis y las cosas que teméis, las cosas que rechazáis y las que amáis, las cosas que perseguís y las que evitáis.

Todas esas cosas se agitan dentro de vosotros como luces y sombras acopladas.

Y cuando la sombra se desvanece, la luz que queda se convierte en sombra de otra luz.

Y así vuestra libertad, cuando pierde sus cadenas, se convierte en cadena de otra libertad mayor».

DE LA RAZÓN Y DE LA PASIÓN

Y la sacerdotisa habló de nuevo: «Háblanos de la razón y de la pasión».

Y él respondió diciendo:

«Vuestra alma es a menudo campo de batalla en el que vuestra razón y vuestro juicio combaten contra vuestra pasión y vuestros apetitos.

Desearía ser yo el pacificador de vuestra alma, y convertir la discordia y el enfrentamiento de vuestros elementos en unidad y armonía.

Mas, ¿cómo podría hacerlo sin que vosotros mismos fuerais los pacificadores, los amantes de todos vuestros elementos?

La razón y la pasión son el timón y las velas de vuestra alma navegante.

Si vuestras velas o vuestro timón se rompen, no podríais sino flotar e ir a la deriva, o quedar inmóviles en la inmensidad del mar.

Porque si la razón gobierna sola es una fuerza que limita; y la pasión desgobernada es una llama que arde hasta su propia destrucción.

Por tanto, dejad que vuestra alma exalte vuestra razón hasta la altura de la pasión, para que ésta pueda cantar.

Y dejad dirigir vuestra pasión por el razonamiento, para que aquélla pueda vivir en su diaria resurrección y como el ave fénix renacer de sus propias cenizas.

Quisiera que considerarais vuestro juicio y vuestro apetito como dos huéspedes queridos.

En verdad que no rendiríais más honores a uno que a otro, porque quien atiende más a uno que a otro acaba perdiendo el afecto y la confianza de ambos.

Cuando en las colinas os sentéis a la sombra fresca de los álamos, compartiendo la paz y la tranquilidad de los campos y las praderas distantes, dejad que vuestro corazón diga en silencio: "Dios descansa en la razón".

Y cuando llegue la tormenta, y el huracanado viento sacuda el bosque y el trueno y el relámpago proclamen la majestad de los cielos, dejad que vuestro corazón sobrecogido diga: "Dios obra en la pasión".

Y puesto que vosotros sois un soplo en la esfera de Dios y una hoja en el bosque de Dios, descansad en la razón y obrad en la pasión».

DEL DOLOR

Y una mujer pidió entonces: «Háblanos del dolor».

Y él respondió:

«Vuestro dolor es la eclosión de la envoltura que encierra vuestro entendimiento.

De igual modo que la semilla del fruto debe romperse para que su corazón salga al sol, así vosotros debéis conocer el dolor.

Y aunque lograrais mantener vuestro corazón maravillado ante los milagros cotidianos de la vida, vuestro dolor no os parecería menos prodigioso que vuestra alegría, y aceptaríais las estaciones de vuestro corazón.

Y serenos velaríais en los inviernos de vuestro dolor.

Muchas de vuestras aflicciones las habéis escogido vosotros mismos.

Son el remedio amargo con que el médico que todos llevamos dentro cura vuestras enfermedades.

Por tanto, confiad en el médico y bebed su remedio en silencio, tranquilamente.

Porque su mano, aunque dura y pesada, está guiada por la tierna mano del Invisible.

Y la copa que brinda ha sido modelada, aunque queme vuestros labios, con la arcilla que el Alfarero humedeció con sus propias lágrimas sagradas».

DEL CONOCIMIENTO DE UNO MISMO

Y entonces un hombre dijo: «Háblanos del conocimiento de uno mismo».

Y él respondió:

«En silencio, vuestros corazones saben los secretos de los días y de las noches.

Mas vuestros oídos ansían escuchar el eco del conocimiento de vuestro corazón.

Quisierais saber en palabras
lo que siempre supisteis en pensamiento.

Quisierais tocar con vuestros dedos el desnudo cuerpo de vuestros sueños. Y es bueno que así sea.

El recóndito manantial de vuestra alma necesita brotar y correr a borbollones hacia el mar.

Y el tesoro de vuestra profundidad infinita se revelaría entonces a vuestros ojos.

Mas no tratéis de pesar en balanzas vuestro tesoro desconocido.

Tampoco exploréis las profundidades de vuestro conocimiento con cayados ni sondas.

Porque el yo es un mar infinito, inconmensurable.

No digáis: "He hallado la verdad", sino: "He hallado una verdad".

No digáis: "He encontrado la senda del alma". Decid más bien: "He encontrado al alma caminando por mi senda".

Porque el alma camina por todas las sendas.

El alma no va en línea recta, ni crece como una caña.

El alma se despliega como un loto de innumerables pétalos».

DE LA ENSEÑANZA

Entonces un maestro dijo: «Háblanos de la enseñanza».

Y él respondió:

«Nadie puede revelaros nada que no yazga aletargado en el amanecer de vuestro conocimiento.

El maestro que pasea a la sombra del templo entre sus discípulos no da su sabiduría, sino más bien su fe y su afecto.

Si es de verdad sabio, no os obligará a que entréis en la casa de su sabiduría: os guiará sólo hasta el umbral de vuestro propio espíritu.

El astrónomo puede hablaros de su conocimiento del espacio, mas no podrá daros ese conocimiento mismo.

El músico podrá describiros el ritmo que existe en todo ámbito, pero no podrá daros el oído que capta ese ritmo ni la voz que le da eco.

Y quien está versado en la ciencia de los números, podrá hablaros de las relaciones, entre el peso y la medida, pero no podrá conduciros a ellas.

Porque la visión de un hombre no presta sus alas a otro hombre.

Y de igual forma que cada uno de vosotros se halla solo en el conocimiento de Dios, así cada uno de vosotros debe estar solo en su comprensión de Dios y en su conocimiento de la tierra».

DE LA AMISTAD

Y un joven dijo: «Háblanos de la amistad».

Y él respondió:

«Vuestro amigo es la respuesta a vuestras necesidades.
Él es el campo que sembráis con amor
y cosecháis con agradecimiento.
Él es vuestra mesa y el fuego de vuestro hogar.
Porque os acercáis a él con vuestra hambre, y lo buscáis sedientos de paz.

Cuando vuestro amigo os manifieste su pensamiento, no temáis el "no" en vuestra cabeza, ni retengáis el "sí".
Y cuando él permanezca en silencio, que vuestro corazón no deje de oír su corazón.
Porque en la amistad, todos los pensamientos, todos los deseos, todas las esperanzas nacen y se comparten con gozo y sin alardes.
Cuando os alejéis de vuestro amigo, no sintáis dolor.
Porque lo que más amáis en él quizá esté más claro en su ausencia, igual que la montaña es más clara desde el llano para el que quiere subirla.
Y no permitáis que haya en la amistad otro interés que el que os lleve a profundizar en el espíritu.
Porque el amor que no busca más que la revelación de su propio misterio no es amor, sino una red tendida que sólo recoge la pesca inútil.

Que lo mejor de vosotros sea para vuestro amigo.
Si ha de conocer el flujo de vuestra marea, que también conozca su reflujo.
Porque, ¿qué amigo sería aquél que tuvierais que buscaros para matar las horas?

Buscadlo para vivir las horas.

Porque existe para colmar vuestra necesidad, no vuestro vacío.

Y haced que en la dulzura de la amistad haya risa y placeres compartidos.

Porque en el rocío de las cosas pequeñas, el corazón encuentra su alborada y se refresca».

DE LA CONVERSACIÓN

Y un humanista dijo: «Háblanos de la conversación».

Y él respondió:

«Habláis cuando dejáis de estar en paz con vuestros pensamientos.
Y cuando no podéis morar por más tiempo en la soledad de vuestro corazón, vivís en vuestros labios; y el sonido es entonces diversión y pasatiempo.
Y en la mayoría de vuestras charlas, vuestro pensamiento está asesinado en parte.
Porque el pensamiento es un pájaro del aire libre que en una jaula de palabras puede desplegar las alas, pero no volar.

Algunos de vosotros buscáis quien os hable por miedo a sentiros solos.
El silencio de la soledad les descubre ante sus ojos la propia desnudez, y entonces quieren escapar.
Y hay otros que hablan sin conocimiento ni tino, y revelan una verdad que ni siquiera ellos conocen.
Y hay otros que poseen la verdad en su interior, pero no la traducen con palabras.
En el pecho de éstos el espíritu reside en medio de un silencio rítmico.
Cuando encontréis a un amigo en el camino o en el mercado, dejad que el espíritu mueva vuestros labios y guíe vuestra lengua.
Que la voz de vuestra voz hable al oído de su oído.
Porque su alma guardará la verdad de vuestro corazón como se guarda en la memoria el sabor del vino, cuando su color ya se ha olvidado y el vaso ya no existe».

DEL TIEMPO

Y un astrónomo dijo: «Maestro, ¿qué nos puedes decir del tiempo?».

Y él respondió:

«Querríais medir el tiempo, infinito e inconmensurable.
Querríais ajustar vuestra conducta, e incluso dirigir la marcha de vuestro espíritu, de acuerdo con las horas y estaciones.
Desearíais hacer del tiempo un río y sentaros a su orilla para observar su corriente.

Sin embargo, lo infinito que hay en vosotros conoce la infinitud de la vida.
Y sabe que el ayer es sólo la memoria del hoy, y el mañana el sueño del hoy.
Y que lo que en vosotros canta y piensa mora en los límites de aquel primer momento que diseminó las estrellas por el espacio.
¿Quién de entre vosotros no siente que su capacidad de amar es ilimitada?
Y a pesar de ello, ¿quién no siente ese mismo amor, rodeado, aunque sin límites, en el centro de su ser, y sin ir de un pensamiento de amor a otro pensamiento de amor, ni de un acto de amor a otro acto de amor?
¿Y como el amor, no es el tiempo indivisible e inconmensurable?
Mas, si en vuestro pensamiento debéis medir el tiempo por estaciones, dejad que cada estación envuelva a las demás.
Y que el hoy abrace el pasado con nostalgia y el futuro con ansioso anhelo».

DEL BIEN Y DEL MAL

Y uno de los ancianos de la ciudad dijo: «Háblanos del bien y del mal».

Y él respondió:

«Puedo hablaros del bien que hay en vosotros, no del mal.

Porque, ¿qué es el mal sino el bien torturado por su propia hambre y por su propia sed?

En verdad que cuando el bien tiene hambre busca alimento incluso en oscuras cavernas, y cuando siente sed bebe hasta en aguas estancadas.

Sois buenos cuando sois uno con vosotros mismos.

Pero cuando no sois uno con vosotros mismos no sois malos.

Porque una casa dividida no es una cueva de ladrones; es sólo una casa dividida.

Y una nave sin timón puede navegar sin rumbo entre escollos peligrosos sin hundirse.

Sois buenos cuando os esforzáis por dar de vosotros mismos.

Pero no sois malos cuando buscáis provecho para vosotros mismos.

Porque cuando lucháis por obtener provecho no sois más que una raíz que se aferra a la tierra y chupa de su seno.

La fruta no puede decir a la raíz: "Sé como yo, madura y plena, dando siempre de tu abundancia".

Porque para el fruto, dar es una necesidad, de igual modo que recibir lo es para la raíz.

Sois buenos cuando sois completamente conscientes de vuestras palabras.

Mas no sois malos cuando estáis dormidos y vuestra lengua tartamudea sin propósito.

E incluso un hablar vacilante puede fortalecer una lengua débil.

Sois buenos cuando vais hacia vuestra meta con paso firme y audaz.

Pero no sois malos cuando os dirigís a ella cojeando.

Ni siquiera los que cojean retroceden.

Pero vosotros, fuertes y veloces, procurad no cojear delante de los lisiados con intención de mostrar delicadeza.

Sois buenos de muchas maneras, pero no sois malos cuando no sois buenos.

Sois en ese momento perezosos, indolentes.

Lástima que los ciervos no puedan enseñar su velocidad a las tortugas.

En vuestro anhelo por un yo superior descansa vuestro bien, y ese anhelo está en todos vosotros.

Pero, en algunos, tal anhelo es un torrente que se precipita con fuerza hacia el mar arrastrando los secretos de las colinas y las canciones del bosque.

En otros es un débil e indolente arroyuelo que se pierde en meandros consumiéndose antes de llegar al estuario.

Pero que quien mucho anhela no diga a quien poco desea: "¿Por qué eres lento y te paras tanto?".

Porque el que es verdaderamente bueno no pregunta al desnudo: "¿Dónde está tu ropa?", ni al vagabundo "¿Qué le ha pasado a tu casa?"».

DE LA ORACIÓN

Entonces, una sacerdotisa dijo: «Háblanos de la oración».

Y él respondió:

«Oráis en vuestra angustia y en vuestras necesidades; mas debéis orar también en la plenitud de vuestro gozo y en vuestros días de abundancia.

¿Qué es la oración sino la expansión de vosotros mismos en el éter viviente?

Y si para aliviaros volcáis vuestra oscuridad en el espacio, también para vuestro deleite debéis derramar en él el alba de vuestro corazón.

Y si sólo podéis llorar cuando vuestra alma os incita a la oración, también ella os incitará repetidas veces hasta que podáis reír.

Cuando oráis, os eleváis para encontrar en el espacio a quienes en ese mismo momento están orando, y a quienes no podréis encontrar en ninguna otra parte fuera de la oración.

Por tanto, procurad que vuestra visita a ese invisible templo no sea más que éxtasis y dulce comunión.

Porque si entráis en el templo con el único propósito de pedir, no recibiréis.

Y si entráis para humillaros, no seréis levantados.

Y si lo hacéis para rogar por el bien de otros, no seréis escuchados.

Basta con que entréis en el templo invisible.

No puedo enseñaros a orar con palabras.

Dios no atiende vuestras palabras salvo cuando es Él mismo quien las dice a través de vuestros labios.

Y yo no puedo enseñaros la oración de los mares, de los bosques y de las montañas.

Mas vosotros, nacidos de las montañas y los bosques y los mares, podéis encontrar su oración en vuestro corazón.

Y si os limitáis a escuchar en la quietud de la noche, les oiréis decir en el silencio: "Señor nuestro, que eres nuestro ser alado, es Tu voluntad la que quiere en nosotros.

Es Tu anhelo el que anhela en nosotros.

Es Tu impulso el que en nosotros convierte nuestras noches, que son tuyas, en días, que también son tuyos.

Nada podemos pedirte, porque Tú sabes nuestras necesidades antes de que nazcan en nosotros.

Tú eres nuestra necesidad, y dándonos más a ti mismo, nos lo ofreces todo"».

DEL PLACER

Entonces un ermitaño que visitaba la ciudad de todos los años, se adelantó y dijo: «Háblanos del placer».

Y él respondió:

«El placer es un canto de libertad, pero no es la libertad.

Es el florecimiento de vuestros deseos, mas no su fruto.

Es un abismo llamando a su propia cumbre, mas no es ni el abismo ni la cumbre.

Es lo enjaulado que cobra alas, mas no es espacio cercado.

Sí, realmente el placer es una canción de libertad.

Y me gustaría que la cantaseis con todo vuestro corazón; mas no quisiera que perdieseis ese corazón en el canto.

Algunos de vuestros jóvenes buscan el placer como si el placer lo fuera todo, y son por ello juzgados y censurados.

Yo no los juzgaría ni los censuraría. Los dejaría buscar.

Porque encontrarán el placer, pero no solo.

Siete son sus hermanas, y la más fea de ellas es más hermosa que el placer.

¿No oísteis hablar nunca del hombre que cavando la tierra en busca de raíces encontró un tesoro?

Algunos de vuestros mayores recuerdan los placeres entre arrepentimientos, como errores cometidos en estado de embriaguez.

Mas el arrepentimiento es como nubes sobre la frente, no el castigo.

Deberían recordar sus placeres con gratitud, como recuerdan la cosecha de un verano.

Mas si les alivia arrepentirse, dejad que se arrepientan.

Y hay entre vosotros algunos que no son ni jóvenes para buscar ni viejos para recordar.

Y en su temor a la búsqueda y al recuerdo, rehúyen todos los placeres por miedo a menospreciar el espíritu o a ofenderlo.

Mas esa renuncia misma es su placer.

Y de esa forma también encuentran su tesoro, aunque caven en busca de raíces con manos temblorosas.

Mas, decidme, ¿quién puede ofender al espíritu?

¿Ofende el ruiseñor el silencio de la noche? ¿Ofende la luciérnaga a los astros?

¿Molesta el viento vuestra llama o vuestro humo?

¿Creéis que el espíritu es un agua estancada que podéis enturbiar con un cayado?

Con frecuencia, rehusando el placer no hacéis sino almacenar deseo en las entretelas de vuestro ser.

¿Quién no sabe si lo que hoy hemos reprimido no brotará mañana?

Incluso vuestro cuerpo conoce su herencia y sus necesidades legítimas, y no quiere ser engañado.

Y vuestro cuerpo es el arpa de vuestra alma.

Y a vosotros os toca arrancar de ella música melodiosa o sonidos confusos.

Y ahora os preguntáis en vuestro corazón: ¿cómo distinguiremos en el placer lo que es bueno de lo que no lo es?

Id a vuestros campos y a vuestros jardines: allí veréis que el placer de la abeja es libar la miel de la flor.

Mas también el placer de la flor es brindar esa miel a la abeja.

Porque para la abeja una flor es una fuente de vida.

Y para la flor una abeja es un mensajero de amor.

Y para ambos, abeja y flor, dar y recibir el placer son una necesidad y un éxtasis.

Pueblo de Orfalís, sed en vuestros placeres como las flores y las abejas».

DE LA BELLEZA

Y un poeta dijo: «Háblanos de la belleza».

Y él respondió:

«¿Dónde hallar la belleza y qué hacer para encontrarla si ella no es vuestro camino y vuestro guía? ¿Y cómo hablar de ella si no teje vuestro hablar?

El humillado y el ofendido dicen: "La belleza es amable y abundante. Camina entre nosotros como una joven madre, avergonzada casi de su propia gloria".

Y los apasionados dicen: "No, la belleza está hecha de fuerza y de terror. Como la tempestad, sacude la tierra bajo nuestros pies y el cielo sobre nuestras cabezas".

El hastiado y el aburrido dicen: "La belleza está hecha de blandos murmullos. Habla en nuestro espíritu. Su voz invade nuestros silencios como una luz mortecina que tiembla de temor a las sombras".

Mas los inquietos dicen: "La hemos oído gritar entre las montañas. Y junto a sus gritos, retumbó un rodar de cascos, el batir de alas y el rugir de fieras".

Durante la noche, los guardianes de la ciudad dicen: "La belleza vendrá con el alba desde levante."

Y al atardecer, los labriegos y los caminantes dicen: "La hemos visto inclinarse sobre la tierra desde las ventanas del crepúsculo".

En invierno, el sitiado entre la nieve dice: "Vendrá con la primavera, saltando por las colinas".

Y en el calor del estío, los segadores dicen: "La hemos visto danzando entre las hojas del otoño y vimos torbellinos de nieve en su cabello".

Todo esto es lo que habéis dicho sobre la belleza.

Mas en verdad no hablasteis de ella, sino de vuestras necesidades insatisfechas.

Y la belleza no es una necesidad, es un éxtasis.

No una boca sedienta ni una mano vacía que suplica sino un corazón ardiente y un alma encantada.

No es la imagen que querríais ver ni la canción que desearíais oír.

Es una imagen visible aunque cerréis los ojos, y una canción que oís aunque os tapéis los oídos.

No es la savia que corre bajo la rugosa corteza ni un ala adherida a una garra, sino un jardín eternamente en flor, y una bandada de ángeles eternamente en vuelo.

Pueblo de Orfalís: la belleza es la vida cuando la vida alza el velo y muestra su rostro esencial y sagrado.

Mas vosotros sois la vida y el velo.

La belleza es la eternidad contemplándose en un espejo.

Y vosotros sois la eternidad y el espejo».

DE LA RELIGIÓN

Y un viejo sacerdote dijo: «Háblanos de la religión».

Y él respondió:

«¿Acaso hablé hoy de otra cosa?

¿No son religión acaso todos los actos y todos los pensamientos?

¿E incluso lo que no es ni acto ni pensamiento, sino un milagro y una sorpresa brotando siempre en el alma, hasta cuando las manos tallan la piedra o atienden el telar?

¿Puede alguien separar su fe de sus obras o sus creencias de sus trabajos?

¿Quién es capaz de extender sus horas ante sí mismo y decir: "Ésta para Dios y ésta para mí, ésta para mi espíritu y ésta para mi cuerpo?".

Nuestras horas todas son alas que baten de ser a ser en el espacio.

A quien usa su moral como su mejor vestido, mejor le fuera andar desnudo.

Ni el viento ni el sol agrietarán su piel.

Y quien define su conducta con normas, enjaula a su pájaro cantor.

El canto más libre no viene de las rejas ni del interior de las jaulas.

Y aquél para quien la adoración es una ventana que tanto se puede abrir como cerrar, no conoce todavía la morada del espíritu, cuyas ventanas permanecen abiertas de aurora a aurora.

Vuestra vida cotidiana es vuestro templo y vuestra religión.

Siempre que entráis en él, lleváis encima cuanto os pertenece.

Lleváis el arado y la fragua, el martillo y el laúd y cuanto habéis hecho por necesidad o por capricho.

Porque en vuestros sueños no podéis alzaros por encima de vuestros triunfos ni caer más abajo de vuestros fracasos.

Y lleváis con vosotros a todos los hombres.

Porque en la adoración no podéis volar más alto que sus esperanzas, ni humillaros por debajo de su desesperación.

Y si conocierais a Dios no tendríais enigmas que descifrar.
Mirad mejor en torno vuestro, y lo veréis jugando con vuestros hijos.
Y contemplad el espacio: lo veréis caminando por las nubes, desplegando sus brazos en el relámpago y descendiendo en la lluvia.
Lo veréis sonriendo en las flores y levantándose luego para agitar sus manos en los árboles».

DE LA MUERTE

Entonces habló Almitra: «Ahora quisiéramos preguntarte sobre la muerte».

Y él respondió:

«¡Queréis conocer el secreto de la muerte!
Mas ¿cómo conocerlo a menos que lo busquéis en el corazón de la vida?

El búho, de ojos atados a la noche que son ciegos por el día, no puede quitar el velo al misterio de la luz.
Si en verdad queréis contemplar el espíritu de la muerte, abrid de par en par vuestro corazón al cuerpo de la vida.
Porque la vida y la muerte son una, lo mismo que son uno el río y el mar.

En lo más hondo de vuestras esperanzas y deseos descansa vuestro silente conocimiento del más allá.
Y como semillas que sueñan bajo la nieve, así vuestro corazón sueña con la primavera.
Confiad en los sueños, porque en ellos se esconde el camino a la eternidad.

Vuestro miedo a la muerte no es más que el temblor del pastor que se encuentra de pie ante el rey,
cuya poderosa mano se dispone a posarse sobre el pastor para honrarlo.
Bajo su miedo, ¿no está jubiloso el pastor sabiendo que podrá ostentar el sello del rey?
¿No le hace eso más consciente de su temblor?
Porque, ¿qué es el morir, sino entregarse desnudo al viento y fundirse con el sol?

¿Y qué es dejar de respirar, sino liberar la respiración de sus inquietos vaivenes para que pueda alzarse y expandirse y buscar sin trabas a Dios?

En verdad, sólo cantaréis realmente cuando bebáis del río del silencio.

Y sólo cuando hayáis alcanzado la cima de la montaña empezaréis a escalar.

Y sólo cuando la tierra reclame vuestros miembros, entonces bailaréis de verdad».

DESPEDIDA

Había llegado la noche.

Y Almitra, la vidente, dijo: «Benditos sean este día, y este lugar, y tu espíritu que ha hablado».

Y él respondió:

«¿Fui yo quien habló? ¿No fui también un oyente?».

Descendió entonces las gradas del templo, y el pueblo lo seguía. Y llegado a su barco se mantuvo de pie sobre cubierta.

Mirando de nuevo al pueblo, alzó la voz y dijo:

«Pueblo de Orfalís: el viento me ordena dejaros.
Aunque tengo menos prisa que el viento, debo irme.
Nosotros, los errantes que buscamos siempre el camino más solitario, no empezamos un día donde hemos concluido el anterior, ni hay aurora que nos encuentre donde nos dejó el crepúsculo.
Porque incluso mientras la tierra duerme, viajamos.
Somos semillas de una planta tenaz, y en nuestra madurez y plenitud de corazón nos entregamos al viento y nos diseminamos.
Breves fueron mis días entre vosotros, más breves aún las palabras que os dije.
Mas si mi voz muere en vuestros oídos y mi recuerdo se desvanece en vuestra memoria, entonces volveré.
Y con el corazón más lleno, y unos labios más obedientes al espíritu, volveré a hablaros.
Sí, volveré con la marea.
Y aunque la muerte me esconda, y el silencio me envuelva, buscaré vuestro espíritu.
Y no buscaré en vano.

Si algo de cuanto os dijo es verdad, la verdad se manifestará por sí misma en una voz más clara y en palabras más idóneas para vuestros pensamientos.

Me voy con el viento, pueblo de Orfalís, mas no hacia el vacío.

Y si este día no llena plenamente vuestras necesidades y mi amor, entonces permitid que sea una promesa hasta que ese día llegue.

Cambian las necesidades del hombre, mas no su amor, ni tampoco su deseo de que este amor satisfaga sus necesidades.

Sabed, pues, que volveré del silencio.

La niebla que al amanecer se disipa dejando sólo rocío en los campos, se alza y se convierte en nube para volver a caer en lluvia convertida.

Y yo no he sido diferente de la niebla.

En la quietud de la noche caminé por vuestras calles, y mi espíritu penetró en vuestras casas.

Y los latidos de vuestro corazón resonaron en mi corazón, y vuestro aliento lo sentí en mi rostro, y a todos os conocí.

Sí, conocí vuestras alegrías y vuestros dolores, y cuando dormíais, vuestros sueños florecían en mis sueños.

Y entre vosotros estuve muchas veces como un lago entre las montañas.

He reflejado vuestras cimas y vuestras laderas, e incluso el paso de los rebaños de vuestros pensamientos y vuestros deseos.

Y a mi silencio llegaron en torrentadas la risa de vuestros niños, y los ríos anhelantes de vuestra juventud.

Y cuando llegaron a lo más hondo de mí, ni los torrentes ni los ríos dejaron de cantar.

Y algo más dulce que las risas, más intenso que los anhelos llegó hasta mí.

Lo infinito que hay en vosotros.

El hombre inmenso del que no sois más que las células y los tendones.

Aquél en cuyo canto todas vuestras canciones no son más que vibración insonora.

El hombre inmenso por el que sois inmensos.

Y al mirarlo os vi y os amé.

Porque, ¿qué distancias puede alcanzar el amor que no estén en esa inconmensurable esfera?

¿Qué visiones, qué esperanzas, podrán remontarse por encima de ese vuelo?

Como gigantesco roble cubierto de flores de manzano es el hombre inmenso que en vosotros existe.

Su poder os ata a la tierra, su fragancia os eleva al espacio, y en su perdurabilidad sois inmortales.

Os han dicho que como una cadena sois tan débiles como el más frágil de sus eslabones.

Mas esto es sólo en parte verdad. También sois tan fuertes como el más fuerte de vuestros eslabones.

Mediros por vuestra acción más pequeña es medir el poder del océano por la fragilidad de su espuma.

Juzgaros por vuestros fracasos es como culpar a las estaciones por su inconstancia.

Sí, sois como un mar.

Y aunque los barcos varados esperan la marea en vuestras costas, como el mar no debéis acelerar vuestras mareas.

Sois como las estaciones.

Y aunque en vuestro invierno neguéis vuestra primavera, ésta, que yace dentro de vosotros, sonríe en medio de su sueño y no se ofende.

No penséis que os hablo de este modo para que penséis: "Nos alabó. Sólo ha visto lo bueno que hay en nosotros".

Yo sólo os digo en palabras lo que vosotros mismos sabéis en pensamiento.

Pues ¿qué otra cosa es el conocimiento que dan las palabras sino una sombra del conocimiento inexpresable?

Vuestros pensamientos y mis palabras son ondas de una memoria sellada que guarda nuestro ayer.

Y guarda también nuestros remotos días en que la tierra no nos conoció ni se conoció a sí misma. Y las noches en que la tierra fue sacudida por el caos.

Sabios vinieron a vosotros para daros de su sabiduría.

Yo, en cambio, he venido a tomar de vuestra sabiduría.

Y encontré lo que es mayor que la sabiduría.

Es un espíritu ardiente que tenéis en vosotros y que crece constantemente a expensas de sí mismo.

Mientras vosotros, ajenos a su expansión, lamentáis el marchitarse de vuestros días.

Es la vida en busca de vida en los cuerpos que temen la tumba.

Aquí no hay tumbas.

Estas montañas, estas llanuras son cuna y escalón.

Cada vez que paséis junto al campo donde dejasteis enterrados a vuestros antepasados, mirad bien, y allí os veréis a vosotros mismos y a vuestros hijos cogidos de la mano.

En verdad, a menudo os alegráis sin saberlo.

Hubo otros que llegaron hasta vosotros, a quienes habéis dado riqueza, poder y gloria, a cambio de promesas doradas hechas a vuestra fe.

Menos que una promesa os he dado, y sin embargo habéis sido generosos conmigo.

Me habéis dado la sed más honda después de la vida.

Os aseguro que no hay dádiva mayor para un hombre que la que convierte todos sus anhelos en labios abrasados y la vida toda en una fuente fresca.

Eso es mi honor y mi recompensa.

Siempre que acudo a beber a la fuente, encuentro sedienta el agua de la vida.

Y me bebe mientras yo bebo en ella.

Algunos me habéis juzgado orgulloso y demasiado esquivo a la hora de recibir vuestros obsequios.

Soy en verdad demasiado orgulloso para recibir salario, mas no obsequios.

Y aunque he comido frutos silvestres en las colinas cuando hubierais querido sentarme a vuestra mesa.

Y aunque he dormido en el pórtico del templo cuando me hubierais acogido de buena gana.

¿No era vuestro amable celo por mis días y mis noches lo que hizo más sabroso el alimento a mi paladar y coronó mi sueño de visiones?

Yo os bendigo aún más por esto.

Dais mucho y no sabéis que dais.

En verdad la bondad que se mira a sí misma en el espejo se convierte en piedra.

Y una buena acción que se otorga a sí misma epítetos amables se convierte en fuente de maldición.

Algunos me habéis llamado solitario y embriagado en mi propia soledad.

Y habéis dicho: "Delibera con los árboles del bosque, pero no con los hombres.

Y solitario se sienta en las cimas de los montes y contempla nuestra ciudad a sus pies".

Cierto es que he subido a las colinas y caminado por lugares remotos.

¿Cómo podría haberos visto sino desde una gran altura o una gran distancia?

¿Cómo puede uno estar cerca sin encontrarse lejos?

Otros me llamaron sin palabras, diciendo:

"Extranjero, extranjero, amante de inalcanzables cimas, ¿por qué vives en las cumbres donde las águilas hacen sus nidos?

¿Por qué buscas lo inasequible?

¿Qué tormentas quieres atrapar con tu red?

¿Qué vaporosos pájaros cazas en el cielo?

Ven y sé uno de nosotros.

Baja y calma tu hambre con nuestro pan y aplaca tu sed con nuestro vino".

En la soledad de sus almas decían estas cosas.

Mas si su soledad hubiera sido más profunda, habrían comprendido que yo sólo buscaba el secreto de vuestra alegría y de vuestro dolor.

Y que sólo andaba a la caza de vuestro ser mejor, el que surca las alturas.

Mas el cazador también fue cazado.

Porque muchas de mis flechas sólo partieron raudas de mi arco para clavarse en mi propio pecho.

Y el que volaba también se arrastró.

Porque cuando mis alas se desplegaban al sol, su sombra sobre la tierra era una tortuga.

Y yo, el creyente, también fui el incrédulo.

Porque a menudo puse el dedo en mi propia llaga, para poder tener mayor confianza en vosotros y conoceros mejor.

Y con esa confianza y ese conocimiento os digo que no estáis encerrados dentro de vuestros cuerpos, ni confinados en casas o campos.

Porque lo que sois vosotros habita en las montañas y vaga con el viento.

No es algo que se arrastre hacia el sol buscando calor, o cave agujeros en la oscuridad en busca de lugar seguro.

Sino algo libre, un espíritu que envuelve a la tierra y se mueve en el éter.

Si las mías fueron palabras vagas, no tratéis de aclararlas.

Vago y nebuloso es el principio de todas las cosas, mas no lo es su fin.

Y quisiera que os acordaseis de mí como de un inicio.

La vida y cuanto en ella vive han sido concebidos en la niebla, y no en el cristal.

Y ¿quién sabe si el cristal no es niebla en ocaso?

Querría que os acordarais de esto al recordarme: que lo que en vosotros parece más débil y confuso, es lo más fuerte y más definido.

¿No ha sido vuestro aliento el que alzó y endureció la armazón de vuestros huesos?

¿Y no fue un sueño, que ninguno de vosotros recuerda haber soñado, el que edificó vuestra ciudad e hizo todo cuanto en ella existe?

Y si os fuera posible ver tan sólo las ráfagas de ese aliento y escuchar los murmullos del sueño, dejaríais de ver todo lo demás y no oiríais ningún otro sonido.

Mas no veis ni oís; y está bien que así sea.

El velo que nubla vuestros ojos será rasgado por las manos que lo tejieron.

Y la arcilla que obstruye vuestros oídos, será horadada por los mismos dedos que la amasaron.

Y veréis.

Y oiréis.

No lamentaréis entonces haber conocido esa ceguera ni haber estado sordos.

Porque ese día descubriréis los propósitos ocultos que hay en toda cosa.

Y bendeciréis lo mismo la oscuridad que la luz».

Tras decir esto miró su derredor, y vio al piloto de su nave de pie junto al timón, observando fijamente las velas desplegadas y la lejanía.

Y dijo:

«Paciente, muy paciente es el capitán de mi barco.

El viento sopla y las velas están impacientes.

Hasta el timonel reclama rumbo.

Sin embargo, mi capitán tranquilo aguarda mi silencio.

Y estos marineros que han oído el gran coro del mar, también me han escuchado con paciencia.

No esperarán más.

Estoy listo.

El arroyo ya llegó al mar, y una vez más la inmensa madre estrecha a su hijo contra su seno.

Adiós, pueblo de Orfalís.

El día toca a su fin.

Se cierra sobre nosotros como el nenúfar sobre su propia mañana.

Conservaremos cuanto se nos ha dado.

Y si no basta, volveremos a reunirnos y a tender juntos nuestras manos al dador.

No olvidéis que regresaré entre vosotros.

Un solo instante más, y mis afanes reunirán cuerpo y espuma para otro cuerpo.

Un solo instante más, un momento de reposo en el viento, y otra mujer me dará a luz.

Adiós a vosotros y a la juventud que con vosotros pasé.

Ayer mismo nos encontramos en un sueño.

Habéis alegrado con vuestros cantos mi soledad, y de vuestros anhelos yo he erigido una torre en el cielo.

Pero ahora nuestro sueño se ha disipado, y, concluido nuestro soñar, estamos en el alba.

El mediodía está sobre nosotros, y nuestro ensueño ya es día pleno.

Debemos partir.

Si en el crepúsculo de la memoria volvemos a encontrarnos, hablaremos de nuevo, y una vez más me cantaréis vuestra canción más profunda.

Y si nuestras manos volvieran a encontrarse en otro sueño, volveremos a elevar otra torre hacia el cielo».

Dicho esto, hizo una señal a los marineros y al punto levaron anclas, soltaron amarras e iniciaron su marcha hacia Oriente.

Y un clamor unánime brotó del pueblo hacia el cielo, remontándose entre las sombras del crepúsculo y propagándose sobre el mar como un inmenso clamor.

Sólo Almitra quedó en silencio, mirando cómo la nave se esfumaba en la niebla.

Y cuando el pueblo todo se hubo dispersado, ella permaneció todavía en el muelle, recordando en su corazón estas palabras que él había pronunciado:

«Un solo instante más, un momento de reposo en el viento, y otra mujer me dará a luz».

ÍNDICE

El regreso del profeta	85
Interludio	91
De la nación	92
De sueños y primavéras	94
De las distancias	97
El profeta reencuentra su pueblo	99
De la fealdad	101
Del tiempo	103
De los parásitos	104
De la gota de rocío	106
De la soledad	107
De las piedras	109
De Dios	110
De las vestiduras	112
Del ser	115
Del fruto maduro	118
Despedida	121
Niebla	126

EL REGRESO DEL PROFETA

Almustafá, el elegido, el bienamado, aurora de su propio día, regresó a la isla que le vio nacer en el mes de Tichriin, que es el mes de los recuerdos.

Y mientras su nave se aproximaba a puerto, él estaba de pie en la proa rodeado de su tripulación. Y en su corazón sintió el calor de la acogida.

Y habló, y en su voz resonó el mar cuando dijo:

«Ésa es la isla que me vio nacer. Aquí todavía la tierra eleva en nosotros una canción y un enigma: una canción hacia el cielo, un enigma para la tierra. Y ¿qué hay entre el cielo y la tierra que entone la canción y que resuelva el enigma sino nuestra propia pasión?

Una vez más el mar me devuelve a estas playas. No somos más que una ola entre sus olas. Nos impele para dar forma a su voz, mas, ¿cómo hacerlo sin romper la armonía de nuestros corazones contra la roca y la arena?

Porque ésa es la ley de los marineros y del mar: si amas la libertad es totalmente necesario que vuelvas a la niebla. Lo informe siempre busca forma, igual que las innúmeras nebulosas tienden a convertirse en soles, en lunas.

Y nosotros, moldes rígidos, que con tanta tenacidad hemos buscado y que ahora retornamos a la isla convertidos en moldes rígidos, una vez más hemos de convertirnos en niebla, y aprender una vez más desde el principio de las cosas. ¿Vivirá y se elevará a lo alto acaso algo que no se destroce en la pasión y en la libertad?

Eternamente buscaremos las cosas y las playas para poder cantar y ser escuchados. Mas, ¿qué decir de la ola que rompe donde nadie puede oírla? Lo nunca oído de nosotros es lo que alimenta nuestras penas más profundas. Pero también eso nunca oído es lo que cincela y da forma a nuestra alma modelando nuestro destino».

Entonces, uno de los marineros se adelantó y dijo:

«Maestro, tú que has guiado nuestro anhelo de llegar a ese puerto, mira que ya hemos llegado. Y sin embargo, hablas de penas y de corazones que han de romperse».

Y el Maestro les respondió diciendo:

«¿No hablé de libertad y de niebla? ¿No es ésa, acaso, nuestra mayor liberación? Y sin embargo, hago esta travesía de peregrinación a la isla que me vio nacer con dolor, como el espectro de un decapitado que llega y se arrodilla delante de quienes lo mataron».

Otro marinero habló y dijo:

«Mira a la multitud en los arrecifes y el tajamar del malecón. En su silencio han predicho incluso el día y la hora de tu llegada; y abandonando sus tierras y viñedos han venido a recibirte y calmar su amorosa necesidad de verte».

Y Almustafá miró desde la nave a la muchedumbre lejana y su corazón sintió las ansias que en ella palpitaban, y guardó silencio.
Luego, de la muchedumbre congregada surgió un claro clamor, que era clamor de nostalgia y de súplica.
Y él miró a sus marineros y dijo:

«Y yo ¿qué he traído para esta gente? Sólo fui cazador en una tierra, allá lejos. Adiestré mi puntería agotando las flechas de oro que me dieron: pero ninguna presa traigo. No seguí el curso de las flechas que tal vez ahora fulguren al sol en las plumas de águilas heridas que nunca caerán a tierra. O quizá también esas puntas de flecha ya han caído en manos de aquéllos que más la necesitan para su pan y su vino.

No sé dónde esas flechas han dirigido su vuelo, pero sí sé una cosa: han descrito su curva en el cielo.

Aun así la mano del Amor sobre mí pesa, y vosotros, marineros míos, gobernáis mi visión. Por eso no permaneceré mudo. Gritaré mis canciones cuando la mano de las estaciones esté sobre mi garganta, y cantaré mis palabras cuando mis labios se abrasen por las llamas».

Y los marineros sintieron la tribulación en sus corazones cuando les dijo estas cosas. Y uno de ellos dijo:

«Maestro, enséñanos todo lo que sabes, y quizá comprendamos por qué tu sangre fluye en nuestras venas y nuestro aliento está hecho de la misma fragancia que el tuyo».

Entonces él les respondió, y el sonido del viento estaba en su voz cuando dijo:

«¿Me habéis traído a la isla que me vio nacer para convertirme en un Maestro? Todavía soy dueño de la sabiduría. Soy demasiado joven, y demasiado inmaduro para hablar de otra cosa que no sea de mí, que no sea reflejo de ese yo interior profundamente atraído siempre por lo siempre profundo...

Dejad que quien busca la sabiduría la encuentre en un botón de oro o en un puñado de arcilla roja. Yo todavía soy un cantor. He de cantar a la tierra, he de cantar nuestros extraviados sueños que recorren el día entre sueño y sueño. Dejadme que ahora contemple el mar».

La nave entretanto ya había entrado a puerto y llegado al malecón; y así llegó él a la isla que le vio nacer y una vez más se encontró entre su propia gente. Un gran clamor surgió de los corazones que le esperaban: con ello, sintió mitigarse en su corazón la soledad de su regreso. La muchedumbre permanecía en silencio, aguardando sus palabras; mas él nada dijo inmediatamente, porque la tristeza del recuerdo le embargaba y conmovía. Y murmuró para su corazón:

«¿He dicho que cantaré? Ni eso siquiera, sólo puedo abrir mis labios para que la voz de la vida hable a mi través y vaya al viento en busca de alegría y protección».

Entonces Karima, la que había jugado con él cuando eran niños en el jardín de su madre, habló y dijo:

«Doce años has apartado tu rostro de nosotros, y durante doce años hemos sufrido hambre y sed de tu voz».

Y él la miró con inefable ternura, porque había sido ella quien cerrara los ojos de su madre cuando las blancas alas de la muerte la recogieron.
Y él le respondió y dijo:

«¿Doce años? ¿Doce años dijiste, Karima? Yo no medí mis anhelos con la vara rutilante del tiempo, ni he sondeado la profundidad de los años, porque cuando el amor siente la nostalgia de la tierra amada está más allá de toda medida y de los sondeos del tiempo.

Hay momentos que tienen en su seno eternidades de separación y de distancia; y sin embargo, separarse no es nada sino un desvarío de la mente. Tal vez nunca nos hayamos separado».

Y luego Almustafá recorrió la muchedumbre con una sola mirada, y los vio a todos. Jóvenes y ancianos, débiles y fuertes, los de rostro bronceado por el sol y los vientos y los pálidos; y en todos aquellos rostros resplandecía la luz de la ansiedad y del enigma.
Y uno de ellos habló y dijo:

«Maestro, la vida ha sido amarga con nuestras esperanzas, con nuestros deseos. Nuestros corazones están conturbados, y por eso no entendemos por qué. Te rogamos que nos consueles y abras a nuestras mentes el significado de nuestras penas».

Y su corazón se conmovió lleno de compasión y dijo:

«La Vida es más vieja que todas las criaturas vivientes, lo mismo que la belleza tenía ya alas antes de que lo bello hubiera nacido sobre la tierra; lo mismo que la verdad era Verdad antes de que fuera preferida.

La Vida canta en nuestros silencios, sueña en nuestros sueños. Y cuando estamos abatidos y derrotados, la Vida está allá arriba, en su trono. Y cuando lloramos, la Vida sonríe frente a la luz y es libre incluso cuando nosotros arrastramos nuestras cadenas.

A menudo le damos nombres amargos a la Vida, pero sólo cuando nosotros mismos estamos amargados y tristes. Y la consideramos vacía e inútil, pero sólo cuando nuestra alma vaga por páramos desolados y cuando el corazón se ha embriagado de sí mismo.

La Vida es profunda, y es alta, y es diferente; y aunque nuestra visión más amplia sólo puede alcanzar sus pies, la Vida está cerca; y aunque sólo el hálito de vuestro aliento alcance a su corazón, la sombra de vuestra sombra cruza su faz y el eco de vuestra más débil voz se convierte en su pecho en una primavera y en un otoño.

La Vida está velada y oculta, lo mismo que vuestro Yo superior está oculto y velado. Y sin embargo, cuando la Vida habla, todos los vientos se hacen palabras; y cuando de nuevo habla, las sonrisas de vuestros labios y las lágrimas de vuestros ojos se hacen también palabras. Cuando ella canta, los sordos oyen y quedan extasiados; y cuando ella se acerca los ciegos la contemplan asombrados y la siguen maravillados y atónitos».

Y cesó de hablar. Y un vasto silencio embargó a la muchedumbre congregada; y el silencio era una canción nunca oída. Y todos se sintieron confortados en su soledad y en sus pesares.

INTERLUDIO

Y entonces los dejó tomando el sendero que llevaba a su jardín, que era el jardín de su madre y de su padre, donde éstos y sus antepasados dormían el sueño eterno.

Y hubo algunos que quisieron seguirlo, sabedores de que su acto era una vuelta al hogar y de que estaba solo, porque no quedaba ningún pariente suyo que preparara el banquete de la bienvenida, a la usanza de su pueblo.

Pero el capitán de la nave les aconsejó diciéndoles:

«Dejadle que recorra solo su camino, porque su pan es el pan de la soledad y su copa contiene el vino del recuerdo que quiere beber a solas».

Y los marineros se detuvieron, aceptando que era tal como el capitán les había dicho. Y todos los que estaban reunidos en el malecón del puerto hubieron de contener los pies de sus deseos.

Sólo Karima le siguió durante un trecho, suspirando por acompañarle en su soledad y en sus recuerdos. Mas nada dijo, y al cabo de un rato se volvió encaminándose hacia su propia casa; y cuando llegó a su jardín, bajo el almendro se echó a llorar, aunque sin saber por qué.

DE LA NACIÓN

Y Almustafá caminó hasta encontrar el jardín de su madre y de su padre. Y penetró en él, cerrando la verja para que nadie le siguiera.

Y durante cuarenta días y cuarenta noches vivió solo en aquella casa y en aquel jardín. Y nadie fue a verlo, ni siquiera se acercó a la verja, que estuvo cerrada, y todo el pueblo sabía que él quería estar solo.

Y cuando los cuarenta días y sus cuarenta noches pasaron, abrió Almustafá la verja de su jardín para que pudieran pasar.

Y acudieron nueve hombres para hacerle compañía en el jardín; tres marineros de su nave, otros tres que habían servido en el templo, y otros tres que de niños fueron compañeros de sus juegos.

Y éstos fueron sus discípulos.

Y una mañana, sus discípulos se sentaron a su alrededor, y en los ojos de Almustafá había nostalgias y remembranzas. Y el discípulo que se llamaba Hafiz le dijo: «Maestro, háblanos de la ciudad de Orfalís y de esa tierra en la que viviste estos doce años».

Y Almustafá permaneció callado un momento, miró hacia las lejanas colinas y al vasto espacio infinito, y en su silencio había lucha. Luego dijo:

«Amigos míos y compañeros de viaje, compadeceos de la nación que está llena de creencias y vacía de religión.

Compadeceos de la nación que usa telas que ella no ha tejido, la que come un pan que ella no ha sembrado, y la que bebe un vino que no mana de sus propios lagares.

Compadeceos de la nación que aclama al jactancioso como a un héroe, y que considera bienhechor al fastuoso conquistador.

Compadeceos de la nación que desprecia las pasiones cuando duerme pero se somete a su yugo al despertar.

Compadeceos de la nación que sólo alza la voz cuando camina en un funeral, que sólo se enorgullece en medio de sus ruinas, y que no se rebela sino cuando su cuello está entre el hacha del verdugo y el taco de madera.

Compadeceos de la nación cuyo estadista es un zorro, cuyo filósofo es un prestidigitador malvado y cuyo arte consiste en imitar y remendar a los demás.

Compadeceos de la nación que acoge a su nuevo gobernante con fanfarrias y lo despide con gritos destemplados para luego recibir con más fanfarrias al nuevo gobernante.

Compadeceos de la nación cuyos sabios están mudos por el peso de los años, y cuyos hombres fuertes todavía están en la cuna.

Compadeceos de la nación troceada y fragmentada, y en la que cada trozo se juzga a sí mismo una nación».

DE SUEÑOS Y PRIMAVERAS

Y otro dijo: «Háblanos de lo que en este mismo instante alienta en tu propio corazón».

Y él lo miró y habló, siendo su voz un sonido como de estrella que canta. Y dijo:

«En vuestros ensueños de vigilia, cuando absortos escucháis a vuestro yo más profundo, vuestros pensamientos, como copos de nieve, caen flotando y revistiendo todos los sonidos de vuestros espacios de blanco silencio.

¿Y qué son los ensueños de vigilia sino nubes que brotan y florecen en el árbol del cielo de vuestro corazón? ¿Y qué son vuestros pensamientos sino los pétalos que los vientos de vuestro corazón esparcen por las colinas y los prados?

Y así como esperáis en paz que lo informe dentro de vosotros tome forma, así la nube se condensa y vaga errante hasta que los dedos benditos moldean los grises anhelos en pequeños soles y lunas y estrellas de cristal».

Entonces Sarkis, aquél que era algo incrédulo, habló y dijo:

«Pero llegará la primavera, y todas las nieves de nuestros ensueños y nuestros pensamientos se fundirá para siempre en la nada».

Y él contestó diciendo:

«Cuando la primavera llega buscando a su amado entre las soñolientas arboledas y viñedos, se fundirán en verdad las nieves, y correrán en arroyuelos en busca del río del valle, para ser los coperos de mirtos y lirios.

Así se fundirá la nieve de vuestros corazones cuando vuestra primavera llegue, y así correrá vuestro secreto en arroyos en busca del río de la Vida, en el valle. Y ese río contendrá vuestros secretos, y lo llevará al ancho mar.

Todas las cosas se fundirán y se transformarán en canto cuando la primavera llegue. Hasta las estrellas, esos enormes copos de nieve que lentamente caen sobre campos más extensos, se fundirán para formar arroyos cantarines. Cuando el sol de Su rostro se alce sobre el más vasto de los horizontes, ¿qué simetría helada no habrá de transformarse en melodía líquida? Y entonces, ¿quién de vosotros no querrá ser el copero del mirto y del lirio?

Ayer mismo vosotros os movíais en el undoso mar, y erais seres sin playa, carecíais de un Yo. Entonces el viento, ese hálito de la Vida, tejió para vosotros un velo de luz en su rostro; luego una mano os reunió y dio forma, y con la cabeza erguida buscasteis las alturas. Pero el mar siguió tras vuestros pasos, y aún mora en vosotros su canción. Y aunque hayáis olvidado vuestro parentesco, él afirmará siempre en vosotros su maternidad y eternamente por siempre os llamará a su seno.

En vuestro vagar por las montañas y el desierto, siempre recordaréis la profundidad del fresco corazón del mar; y aunque a menudo no sepáis lo que anheláis, tened a buen seguro que es su vasta y rítmica paz.

¿Cómo podría ser de otro modo? En los sotobosques y en las enramadas, cuando la lluvia danza sobre los árboles y las colinas, cuando cae la nieve como bendición y símbolo de alianza, cuando en el valle guiais vuestros rebaños hacia el río; en vuestros campos, cuando los hilos de plata de los arroyos tejen el verde ropaje de los céspedes; en vuestros jardines, cuando el rocío de la mañana refleja el cielo; en vuestros prados, cuando la niebla del crepúsculo vela nuestros caminos; en todos esos momentos el mar está siempre con vosotros, como testigo de vuestra herencia y como un título sobre vuestro amor.

Es el copo de nieve que hay en vosotros y que corre hacia el ancho mar».

DE LAS DISTANCIAS

Y una mañana, mientras paseaban por el jardín, ante la verja apareció una mujer. Era Karima, aquélla a la que Almustafá había amado como a una hermana en su niñez. Permanecía fuera, de pie, sin pedir nada, sin llamar siquiera a la verja, contentándose con mirar al interior del jardín con nostalgia y tristeza.

Almustafá percibió el anhelo en sus pupilas, y con rápidos pasos se acercó a la verja, y la abrió para que entrara, y ella entró, y fue bienvenida.

Y Karima habló y dijo:

«¿Por qué te has ocultado de nosotros privándonos de la luz de tu presencia? Mira que durante todos estos largos años te hemos amado y hemos esperado ansiosamente tu regreso. Y ahora el pueblo pide a gritos verte y hablar contigo; yo soy su mensajero que viene a rogarte que te muestres a las gentes y les hables con tu sabiduría, y confortes el corazón de los atribulados, e instruyas nuestra ignorancia».

Y mirándola, él dijo:

«No me llames sabio a menos que llames sabios a todos los hombres. Soy un fruto todavía no maduro que cuelga de la rama, y apenas ayer no era más que un capullo de flor.

Y no llames necio a ninguno de vosotros, porque en verdad no somos ni sabios ni necios. Somos hojas verdes en el árbol de la Vida, y la Vida misma está más allá de toda sabiduría y seguramente más allá de nuestra necedad.

Y hablando en verdad, ¿me he apartado de vosotros? ¿No sabéis que no hay más distancia que aquélla que el alma no puede salvar con la imaginación? Y cuando el alma recorre esa distancia, ésta se convierte sólo en un ritmo del alma.

El espacio que hay entre tú y tu indiferente vecino más cercano es mayor sin duda que el espacio que hay entre tú y tu bienamado que mora más allá de siete países y de siete mares.

Porque no hay distancias en el recuerdo, y sólo en el olvido hay golfos que ni tu voz ni tu vista pueden surcar.

Entre las riberas de los océanos y la cima de las más altas montañas hay un camino secreto que necesariamente debes recorrer antes de que llegues a ser Uno con los hijos de la tierra.

Y entre tu conocimiento y tu comprensión hay un sendero secreto que necesariamente debes recorrer si quieres ser Uno con el hombre, es decir, contigo misma.

Entre tu mano derecha que da y tu mano izquierda que recibe, hay gran espacio. Sólo imaginando a ambas manos dando y recibiendo a un tiempo puedes anular la distancia que las separa, porque sólo sabiendo que nada tienes que dar ni nada que recibir podrás anular el espacio.

En verdad, la distancia mayor es aquélla que hay entre tu visión en sueños y tu vigilia; entre aquello que es sólo realidad y lo que es deseo.

Y todavía hay otro camino que debes recorrer si quieres ser Uno con la Vida. Mas no hablaré ahora de ese camino, porque os veo ya cansados de viajar».

EL PROFETA REENCUENTRA SU PUEBLO

Y luego él, la mujer y los nueve se dirigieron hacia la plaza del mercado, y allí habló al pueblo, a sus amigos, a sus vecinos, hubo alegría en sus corazones y en sus ojos. Y dijo:

> «En el sueño crecéis, y cuando dormís vivís vuestra vida más rica. Por eso deberíais pasar vuestros días enteros dando gracias por cuanto habéis recibido en la quietud de la noche.
> A menudo pensáis y habláis de la noche como del tiempo del reposo, y sin embargo, la noche es la estación de la búsqueda y del hallazgo.
> El día os da la facultad del conocimiento, y enseña a vuestros dedos a ser hábiles en el arte de recibir; pero es la noche la que os guía a la casa donde la Vida esconde sus tesoros. El sol enseña a todo lo que crece el anhelo por la luz, pero es la noche la que os eleva hacia las estrellas.
>
> En verdad es la quietud de la noche la que teje un velo nupcial sobre los árboles del bosque y las flores del jardín; y luego prepara pródiga el festín y ordena la alcoba nupcial, y en ese sagrado silencio es donde se concibe el mañana en el vientre del Tiempo.
>
> Así ocurre con vosotros; y así, buscando, encontráis pan y logros. Y aunque el amanecer borre de vuestra memoria todos los recuerdos, la mesa de los sueños está siempre dispuesta, y siempre la alcoba nupcial está esperando».

E hizo una pausa durante un rato, y ellos también callaron a la espera de sus palabras. Luego continuó diciendo:

> «Sois espíritus, aunque os mováis dentro de cuerpos, y, como aceite que arde en la oscuridad, sois llamas, aunque estéis retenidos dentro de lámparas.

Si sólo fuerais cuerpos, entonces mi presencia ante vosotros y mis palabras serían vanas, como si un muerto llamara a los muertos. Pero no es así. Todo lo que es inmortal en vosotros es libre de noche y de día, y no puede ser enclaustrado ni encadenado, porque ésa es la voluntad del Altísimo. Vosotros sois Su aliento, y como el viento que no puede ser cogido ni aprisionado, sois. Y yo también soy el aliento de Su aliento».

DE LA FEALDAD

Y echó a caminar con paso rápido, regresando a su jardín. Y Sarkis, aquél que era algo incrédulo, habló y dijo: «¿Y qué nos dices de la fealdad, Maestro? Nunca hablas de la fealdad».

Y Almustafá le replicó con palabras que eran como un látigo, y dijo:

«Amigo mío, ¿qué hombre podría acusarte de desatento y de no cumplir los deberes de la hospitalidad si al pasar por tu casa no llamara a tu puerta?

¿Y quién te considerará sordo y desabrido si te hablara en una lengua extraña de la que nada entiendes?

¿No es eso que nunca deseaste alcanzar, eso en cuyo corazón jamás quisiste entrar, lo que tu llamas fealdad?

En verdad que si la fealdad es algo, es la telaraña que cubre nuestros ojos y la cera que tapona nuestros oídos.

A nada llames feo, amigo mío, salvo al temor que el alma siente ante sus propios recuerdos».

DEL TIEMPO

Y un día, hallándose sentados bajo las largas sombras de los blancos álamos, uno de los discípulos dijo: «Maestro, me da miedo el tiempo. Pasa sobre nuestros cuerpos y nos roba la juventud. Y ¿qué nos deja en pago?».

Y él le contestó y dijo:

«Coge ahora mismo un puñado de tierra. ¿Hay en ella alguna semilla, algún gusano? Pues mira, si tu mano fuera lo suficientemente ancha y fuerte, la semilla que hay en ella podría convertirse en bosques y el gusano en un grupo de ángeles. Y nunca olvides que los años que transforman las semillas en bosques y los gusanos en ángeles, pertenecen a este ahora, y todos los años y siempre son este mismo ahora.

¿Y qué son las estaciones de los años sino vuestros propios sentimientos en fluyente cambio? La primavera es un despertar en vuestro pecho, y el verano el reconocimiento de vuestra propia fecundidad. ¿No es el otoño lo antiguo que hay en vosotros y que canta una canción de cuna a lo que todavía es niño en vuestro ser? ¿Y qué es, os pregunto, el invierno, sino un sueño, henchido de los sueños de todas las demás estaciones?».

DE LOS PARÁSITOS

Y entonces Manus, el inquisitivo discípulo, miró a su alrededor, y vio plantas en flor enredándose en el sicomoro. Y dijo: «Mira los parásitos, Maestro. ¿Qué dices de ellos? Son ladrones de párpados cansados que roban la luz a los laboriosos hijos del sol, y que se nutren con la savia que corre por sus ramas y sus hojas».

Y él respondió:

«Amigo mío, todos somos parásitos. Nosotros que trabajamos para que la tierra se convierta en fértil y en vida palpitante no somos mejores que quienes reciben la vida directamente del suelo sin saberlo.

¿Podrá decirle la madre al hijo: "te devuelvo al bosque, tu madre mayor, porque desgastas mi corazón y mi mano"?

¿O rechazará el cantor su propio canto, diciendo: "vuelve ahora a la cueva de los ecos de donde saliste, porque tu voz consume mi aliento"?

¿Y dirá el pastor a su rebaño: "no tengo pasto donde llevaros; por eso, habrás de ser degollado y ofrecido en sacrificio"?

No, amigo mío, todas estas cosas tienen una respuesta antes de que se haya formulado; y, como vuestros sueños, eran factibles antes de que tú durmieras.

Vivimos unos de otros, según la antigua e intemporal Ley. Vivamos por eso en amorosa bondad. En nuestro soledad busquémonos unos a otros, y hagamos camino cuando no poseamos un hogar donde albergarnos.

Amigos míos, hermanos míos: la senda más ancha es vuestro prójimo.

Estas plantas que viven del árbol extraen la leche nutricia de la tierra en la dulce quietud de la noche. Y la tierra, en su tranquilo sueño, se amamanta del pecho del sol.

Y el sol, como vosotros, como yo, como todo lo que existe, se sienta con igualdad de honores en el banquete de la Corte del príncipe cuya puerta siempre está abierta y cuya mesa siempre está servida.

Manus, amigo mío, cuanto es, vive siempre de todo lo que es; y cuanto es, vive de la fe ilimitada de la magnanimidad generosa del Altísimo».

DE LA GOTA DE ROCÍO

Y una mañana, cuando el cielo estaba aún teñido por el rosicler pálido de la aurora, paseaban todos por el jardín y miraron hacia Oriente, permaneciendo silenciosos ante la salida del sol.

Y al cabo de un instante de contemplación, Almustafá señaló con su dedo y dijo:

«La imagen del sol del alba en una gota de rocío no es menos que el sol. El reflejo de la vida en vuestra alma no es menos que la vida misma.
La gota de rocío refleja la luz porque es Una con la luz, y vosotros reflejáis la vida, porque vosotros y la Vida sois Uno también.
Cuando las tinieblas os envuelvan decid: "Estas tinieblas son una Aurora que todavía no ha nacido, y aunque el dolor del parto de la noche pese sobre nosotros, sin embargo la aurora nacerá tanto para mí como para las montañas".
La gota de rocío que redondea su esfera en la zona oscura del lirio, no es diferente de vosotros cuando concentráis vuestras almas en el corazón de Dios.
¿Diría acaso la gota de rocío: "Sólo soy gota de rocío una vez cada mil años"? Hablad y respondedle vosotros: "¿No sabes que la luz de todos los años brilla en tu esfera?"».

DE LA SOLEDAD

Una noche, hubo una gran tormenta en el lugar, y Almustafá y sus nueve discípulos entraron en la casa y se sentaron ante el fuego, y luego permanecieron quietos y callados. Entonces uno de los discípulos dijo: «Estoy solo, Maestro, y los cascos de las horas golpean pesadamente sobre mi pecho».

Y Almustafá se puso en pie en medio de ellos, diciendo con una voz semejante al bramido del huracán:

«¿Solo? ¿Y qué importa? Solo viniste y solo entrarás en la niebla.

Por tanto, bebe a solas tu copa, y en silencio. Los días del otoño han dado a otros labios otras copas y las llenaron de vino dulciamargo, lo mismo que han hecho con tu copa.

Bebe tu copa a solas aunque tenga el sabor de tu sangre y de tus propias lágrimas. Y alaba a la vida por el don de la sed. Porque sin sed tu corazón no es sino una playa vacía sin cantos ni marea.

Bebe tu copa solo y bébela con alegría. Álzala por encima de tu cabeza y brinda resueltamente por los que beben solos.

Una vez busqué la compañía de los hombres y me senté a sus mesas de festín y bebí mucho con ellos; mas su vino no se me subió a la cabeza ni fluyó hasta mi pecho; sólo bajó a mis pies. Mi sabiduría no aprendió nada y mi corazón estuvo callado y encerrado. Sólo mis pies les acompañaron en su tiniebla.

Y desde entonces no volví a buscar la compañía de los hombres, ni me senté a beber con ellos en sus mesas; por eso te digo que aunque los cascos de las horas golpeen pesadamente sobre tu pecho, ¿qué importa?

Bien está que bebas solo tu copa de dolor, porque también habrás de beber solo tu copa de alegría».

DE LAS PIEDRAS

Y un día, mientras paseaba por el jardín, Fardrús el griego tropezó con una piedra, y montó en cólera. Y se volvió y cogiendo la piedra dijo con voz ronca: «Objeto muerto que te has cruzado en mi camino», y la arrojó lejos.

Y Almustafá, el elegido, el bienamado, dijo:

«¿Por qué dices "objeto muerto"? Has estado mucho tiempo en este jardín, ¿no sabes que nada hay aquí que esté muerto? Todas las cosas viven y resplandecen en la claridad del día y en la majestad de la noche.

Tú y la piedra sois uno: la única diferencia estriba en los latidos del corazón. Crees que tu corazón late un poco más deprisa, amigo mío; y es cierto, pero no es tan sereno como el de la piedra.

Quizá su ritmo sea distinto, mas yo te digo que si sondeas las profundidades de tu alma y escalas las alturas del espacio, sólo una melodía oirás, y en ella la piedra y la estrella cantan en perfecta armonía al unísono.

Si mis palabras no llegan a tu entendimiento, mejor será que esperes otra aurora. Si has maldecido a esta piedra en la que tu ceguera tropezó, también deberías maldecir la estrella si tu cabeza chocara contra ella en el cielo. Llegará un día en que juntarás piedras y estrellas como el niño que arranca los lirios del valle, y entonces sabrás que todas estas cosas tienen vida y fragancia».

DE DIOS

Y en el primer día de la semana, cuando el tañido de las campanas del templo llegó a sus oídos, uno habló y dijo: «Maestro, mucho es lo que oímos hablar de Dios por aquí. ¿Qué nos dices tú de Dios y quién es Él en verdad?».

Y él estaba de pie en medio de ellos como un árbol joven que no teme los vientos ni la tempestad, y contestó diciendo:

>«Pensad ahora, compañeros y amados míos, en un corazón que contenga todos vuestros corazones, en un Amor que abarque todos vuestros espíritus, en una voz que incluya todas vuestras voces en sus ondas y en un silencio eterno y más profundo que todos vuestros silencios.
>
>Tratad ahora de percibir en vuestro fuero interno una belleza más encantadora que cualquier cosa bella; un canto mayor que los cantos de los mares y de los bosques, una majestad sentada en un trono para el que Orión no es sino un escabel, sosteniendo un cetro en el que las pléyades no son más que el leve resplandor de una gota de rocío.
>
>Siempre habéis buscado alimento y cobijo, vestimenta y báculo. Pero sólo eso: ahora buscad a Uno que no es ni blanco de vuestras flechas ni cueva en la roca para protegeros de los elementos.
>
>Y si mis palabras son un escollo y un enigma, entonces que vuestros corazones se abran y que vuestras preguntas os conduzcan hasta el amor y la sabiduría del Altísimo, a quien los hombres llaman Dios».

Y todos y cada uno guardaron silencio, llenos de perplejidad en sus corazones. Y Almustafá sintió piedad de ellos, y los miró con ternura y dijo:

>«Dejemos de hablar por ahora de Dios el Padre, y hablemos de los dioses, es decir, de vuestros vecinos, de vuestros hermanos, de los elementos que se mueven en torno a vuestras casas y a vuestros campos.
>
>Querríais elevaros con la imaginación hasta las nubes, porque las consideráis altas; querríais pasar el vasto mar, y entonces creeríais

haber vencido las distancias; mas yo os digo que cuando sembráis una semilla en la tierra alcanzáis la altura mayor, y que cuando ensalzáis la belleza de la mañana y saludáis a vuestro vecino, cruzáis un mar mayor.

Con frecuencia cantáis a Dios, el Infinito; y sin embargo no oís en realidad el canto. ¡Ay, si pudierais oír a los pajarillos cantores y el murmullo de las hojas que se desprenden de las ramas cuando la brisa pasa!; no olvidéis, amigos míos, que esas hojas sólo cantan cuando están separadas de la rama.

Nuevamente os invito a no hablar a la ligera de Dios, que es vuestro Todo; hablad más bien entre vosotros, comprendeos unos a otros, vecinos con vecinos, de dios a dios.

Porque, ¿quién dará alimento a los polluelos si el ave madre vuela hacia el cielo? ¿Y qué anémona del campo podrá rematar su fecundación a menos que una abeja desde otra anémona la fecunde?

Es sólo cuando estáis extraviados en vuestro más pequeño yo, cuando buscáis el cielo, al que llamáis Dios.

Ojalá que fuerais menos perezosos para encontrar senderos hacia vuestros yos mayores; ojalá fuerais menos perezosos.

Ojalá encontrarais caminos hacia vuestros yos más vastos, ojalá fuerais menos perezosos y pavimentarais vuestros caminos.

Marineros y amigos míos, mejor y más prudente sería hablar menos de Dios, a quien no podemos comprender, y más de cada uno de nosotros; entre nosotros mismos, a quienes podemos comprender. Sin embargo, quiero que sepáis que somos el hálito y la fragancia de Dios. Somos Dios en la hoja, en la flor y a menudo en el fruto».

DE LAS VESTIDURAS

Y una mañana, alto el sol ya, uno de sus discípulos, uno de aquellos tres que habían jugado con él cuando eran niños, se le acercó diciéndole: «Maestro, mi vestido está muy usado y no tengo otro. Dame permiso para ir al zoco y regatear con los mercaderes; acaso pueda conseguir otra ropa a buen precio».

Y Almustafá miró al joven y le dijo: «Dame tu ropa». Y él así lo hizo, quedando desnudo a plena luz del día.

Y Almustafá, con una voz que era como un joven corcel que cabalgara por un camino, dijo:

«Solamente los desnudos a la luz del sol, sólo los sencillos cabalgan en el viento. Y sólo quien se pierde mil veces alcanzará la bienvenida al retornar al hogar.

Los ángeles están hartos de los astutos, y ayer mismo un ángel me decía: "Hemos creado el infierno para los que resplandecen. ¿Qué otra cosa sino el fuego puede acabar con una superficie resplandeciente y derretir una cosa hasta su núcleo más profundo?". Y yo le dije: "Pero al crear el infierno, creasteis demonios para gobernarlo". Pero el ángel me replicó: "No, el infierno está gobernado por los que no ceden al fuego".

¡Sabio ángel en verdad! Conoce la manera de ser de los hombres y de quienes sólo son hombres a medias. Es uno de los serafines que vienen a aconsejar a los profetas cuando los tienta el pérfido y el astuto. Y sin duda sonríe cuando los profetas sonríen, y llora cuando los profetas lloran.

Amigos y marineros míos: sólo el desnudo vive a la plena luz del sol. Sólo quien carece de gobernalle puede adentrarse en alta mar; sólo quien está confundido durante la noche en una sola negrura despertará con la aurora; sólo quien duerme con las raíces bajo la nieve alcanzará la primavera.

Porque vosotros sois como las raíces, y como ellas sois simples, mas tenéis la sabiduría de la tierra. Y sois silenciosos, mas entre vuestras ramas aún no nacidas tenéis el coro y el canto de los cuatro vientos.

Sois frágiles e informes todavía, mas sois el inicio de gigantescos robles y del esbozado diseño de los sauces que se recortan contra el cielo.

Una vez más os digo que no sois sino raíces entre la oscura tierra y los móviles cielos viajeros. Y a menudo os he visto ascender para danzar con la luz, mas también he visto vuestro rubor, pues todas las raíces son ruborosas. Han escondido sus corazones tanto tiempo que no saben qué hacer con ellos.

Pero vendrá mayo, y mayo es una virgen inquieta que nunca descansa, y cuando llegue, de ella nacerán las colinas y las llanuras».

DEL SER

Y uno que había servido en el templo, le suplicó diciendo: «Enséñanos, Maestro, para que nuestras palabras puedan ser, iguales a las tuyas, un canto y un incienso para la gente».

Y Almustafá respondió y dijo:

«Te elevarás más allá de tus palabras, mas tu camino seguirá siendo un ritmo y una fragancia; un ritmo para los amantes y para todos cuantos son amados, y una fragancia para todos los que quieren vivir su existencia en un jardín.

Mas te alzarás por encima de tus palabras hasta una cumbre en la que caerá el polvo de las estrellas hasta colmar tus manos abiertas; entonces yacerás y dormirás como un blanco pichón en su nido blanco y soñarás con tu mañana como las violetas blancas sueñan con la primavera.

Sí, y bajarás a mayor profundidad que tus palabras. Buscarás el manantial originario de los arroyos, serás la escondida gruta en la que repercuten los ecos de las débiles voces de las profundidades que hasta ahora nunca has oído ni podrías oír.

Bajarás a mayor profundidad que tus palabras y que cualquier sonido, hasta el corazón mismo de la tierra, y allí estarás solo con Él, que también camina sobre la Vía Láctea».

Y tras una pausa, otro de los discípulos le preguntó: «Maestro, háblanos del ser. ¿Qué es el ser?».

Y Almustafá le contempló largamente y sintió por él amor. Y se puso en pie, y caminó un trecho alejándose de ellos; luego volvió y dijo:

«En este jardín yacen sepultados mi padre y mi madre por las manos de los vivientes; y en este jardín están enterradas las semillas del pasado año, traídas aquí en alas de los vientos. Mil veces estarán aquí sepultados mis padres y mil veces enterrará el viento las semillas: y dentro de mil años, tú y yo y estas flores estaremos juntos en este jardín, como ahora, y seremos, con nuestro mismo amor por la vida, y seremos, soñando en el espacio, y seremos, alzándonos hacia el sol.

Pero ahora *ser* es ser sabio aunque no ajeno a los ignorantes; es ser fuerte, pero no para menoscabo del débil; es jugar con los niñitos, pero no como padres, sino antes bien como compañeros de juego que quieren aprender sus juegos.

Ser es ser sencillos y afables con los ancianos y las mujeres, y sentarse con ellos a la sombra de las antiguas encinas, aunque estéis todavía caminando por la primavera.

Ser es buscar al poeta, aunque esté viviendo más allá de los siete ríos, y hallarse en paz en su presencia, sin desear nada, sin duda alguna, y sin preguntas en los labios.

Ser es saber que el santo y el pecador son hermanos gemelos, cuyo padre es Nuestro Rey Magnánimo, y que aquél nació un instante antes que éste, por lo que lo consideramos como Príncipe Coronado.

Ser es seguir a la Belleza, aunque nos guíe hasta el borde del abismo, y aunque ella sea salada y nosotros no. Y si ella traspasa las lindes del abismo, seguidla, porque donde no está la Belleza, nada hay.

Ser es estar en un jardín sin cercas, en un viñedo sin guardián, en una casa de tesoros siempre abierta a los que pasan.

Ser es ser robado, engañado, burlado; sí, y ser conducido hacia trampas, y luego ridiculizado; y sin embargo, *ser* es observar desde lo alto de vuestro mayor yo y sonreír, sabiendo que hay una primavera que llegará a tu jardín para danzar en medio de tu follaje, y un otoño que ha de madurar tus racimos; sabiendo que siempre que haya una sola de tus ventanas abierta hacia el Oriente, nunca estarás vacío; sabiendo que todos los que son juzgados como malhechores, como ladrones, como tramposos y embaucadores, son hermanos tuyos en la necesidad, y que acaso tú mismo eres uno de ellos a los ojos de los bienaventurados moradores de esa Ciudad Invisible que se alza por encima de esta ciudad.

Y ahora escuchadme también vosotros, cuyas manos modelan y encuentran todo cuanto es necesario para la comodidad de nuestros días y de nuestras noches:

Ser es un tejedor con dedos que ven; un arquitecto consciente de la luz y del espacio, un labrador que sabe que está escondiendo un tesoro en cada semilla que siembra; un pescador y un cazador que sienten lástima del pez y del animal, y que sin embargo tienen mayor lástima del hombre y de la necesidad del hombre.

Y sobre todo os digo esto: quisiera que todos y cada uno fuerais partícipes de los propósitos de cada hombre, porque sólo así podréis esperar que vuestro propósito se cumpla.

Compañeros y amados míos, sed audaces y no débiles; sed ilimitados y no limitados; sed en verdad vuestro más vasto yo hasta mi hora final y la vuestra».

Y cesó de hablar, y sobre los nueve cayó una profunda melancolía; y sus corazones se alejaron de él, pues no entendieron las palabras.

Y he aquí que entonces los tres hombres que eran marineros suspiraron por volver al mar; y los que habían servido en el templo ansiaron el alivio del santuario; y los que habían sido sus compañeros de juego infantiles, desearon irse a la plaza del mercado. Todos estaban sordos a las palabras del profeta, y por eso los sonidos de sus palabras volvieron a él, como fatigados pájaros sin nido en busca de refugio.

Y Almustafá se apartó de ellos un trecho por el jardín, sin decir nada y sin mirarlos.

Y ellos empezaron a dialogar entre sí y a buscar excusas para sus ansias de marcharse.

Y de pronto todos y cada uno de ellos dieron media vuelta y regresaron a sus propios lugares, de suerte que Almustafá el elegido y el bienamado se quedó completamente solo.

DEL FRUTO MADURO

Y cuando cayó la noche, se dirigió hacia la tumba de su madre, y allí se sentó bajo el cedro que crecía en el lugar. Y entonces apareció la señal de una gran luz en el firmamento, y el jardín resplandeció como una hermosa joya sobre el pecho de la tierra.

Y Almustafá exclamó desde la más profunda de la soledad de su espíritu:

«Pesada es la carga que mi alma lleva de sus frutos maduros. ¿Quién acudirá a cogerlos y satisfacerse con ellos? ¿No hay nadie que haya ayunado y sea de corazón generoso y manso para venir y romper su ayuno con mis primeras cosechas ofrendadas al sol y aliviarme así del peso de mi propia abundancia?

Mi alma rebosa del vino de los años, y ¿no habrá ningún sediento que acuda a beber?

Había una vez un hombre parado en la encrucijada de los caminos, con las manos tendidas hacia los caminantes. Y sus manos estaban repletas de joyas. Y el hombre llamaba a los caminantes diciendo: "Tened piedad de mí y tomad; en nombre de Dios, coged algo de mis manos y aliviadme".

Pero los caminantes se quedaban mirándolo solamente, y nadie cogía nada de sus manos.

Más le hubiera valido ser mendigo de manos extendidas para recibir... sí, una mano temblorosa que sacara vacía de su pecho... antes que tenderla llena de ricos dones sin encontrar a nadie que quisiera recibir.

Y he aquí que también hubo un príncipe magnánimo que levantó sus tiendas de sedas entre las montañas y el desierto, y ordenó a sus sirvientes que encendieran una hoguera, señal para el extranjero y el caminante extraviado; y que envió a sus esclavos a atalayar los caminos y las sendas en busca de algún huésped a quien traer. Pero los caminos y senderos del desierto estaban desolados, y no encontraron a nadie.

Más le hubiera valido a ese príncipe ser un hombre cualquiera de ninguna parte ni época, y sin destino, en busca él mismo de alimento y techo. Más le hubiera valido ser un vagabundo sin otra cosa que su túnica, su báculo y su cántaro, porque entonces, al caer la noche, se habría encontrado con sus iguales y con los poetas de cualquier lugar y tiempo, y con ellos habría compartido su miseria, sus remembranzas y sus sueños.

Y he aquí que la hija del gran rey se despertó al amanecer y se atavió con su mejor vestido de seda, y con sus perlas y rubíes, y esparció almizcle entre sus cabellos, y sumergió sus dedos en el ámbar. Y luego descendió de la torre hasta el jardín, donde el rocío de la noche la calzó de sandalias de oro. Pasó el día y llegó la noche. Y en la quietud nocturna la hija del rey seguía buscando el amor en el jardín; mas en todo el vasto reino de su padre nadie hubo que la amase.

Más le hubiera valido ser hija de un labrador que cuidase las ovejas en el campo y volviese al anochecer al hogar paterno con el polvo de los serpenteantes caminos en los pies y la fragancia de los viñedos en los pliegues de su vestido; así, caída la oscuridad, cuando el ángel de la noche cubriera el mundo, ella escaparía al valle del río en busca del amante que la aguarda.

Más le hubiera valido ser monja de clausura quemando su corazón como incienso, para que ese corazón pudiera alzarse con el viento, consumiendo su espíritu como una vela para dar una luz que se alzara hacia la luz mayor, al unísono con todos los que adoran, con todos los que aman y son amados.

Sí, más le hubiera valido ser una anciana cargada de años sentada al sol, recordando a los que compartieron su juventud».

Y la noche cayó completamente. Y Almustafá se confundió con la negrura de la noche y su espíritu fue como una nube henchida. Y volvió a exclamar:

«Pesada es la carga que mi alma lleva de sus frutos maduros,
¿quién vendrá a comer y a mitigar en ella su hambre?

Mi alma rebosa llena de su vino.

¿Quién vendrá ahora a escanciarlo y a beber de él para aplacar la aridez del calor del desierto?

Más me valiera ser un árbol sin flor ni fruto; porque el dolor de la abundancia es más amargo que el de la infecundidad; y la pena del rico de quien nadie quiere tomar nada es mayor que la aflicción del mendigo a quien nadie da.

Más me valiera ser un pozo seco y derruido, a cuyo seno arrojan piedras los hombres; porque mejor y preferible fuera soportar una pedrada que ser una fuente de agua vivificante junto a la que los hombres pasan sin beber.

Más me valiera ser caña pisoteada antes que lira de cuerdas de plata en una casa espléndida cuyo dueño no tiene dedos y cuyos hijos son sordos».

DESPEDIDA

Y durante siete días y siete noches, nadie se acercó al jardín, y Almustafá estuvo a solas con sus recuerdos y su dolor; porque incluso los que habían oído sus palabras con amor y paciencia se habían alejado de él, perdidos en sus labores cotidianas.

Sólo Karima acudió a verlo, con el silencio en el rostro como un velo; en sus manos traía copa y plato, bebida y comida para la soledad y el hambre del profeta. Y una vez que colocó las viandas ante él, Karima se alejó en silencio.

Y Almustafá retornó a la compañía de los blancos álamos que se alzaban en el interior del jardín. Y se sentó y miró al camino. Y al cabo de un rato vislumbró una nube de polvo que se acercaba arrastrándose hacia él, por el camino.

Y del seno de la nube de polvo salieron los nueve, guiados por Karima a la cabeza. Y Almustafá se adelantó a recibirlos, y ellos transpusieron la verja, y todo fue bien como si apenas hiciera una hora que se hubiesen marchado por su sendero.

Y entraron y cenaron con él frugalmente, después de que Karima hubiera puesto sobre la mesa el pan y los peces, y después de escanciar en las copas todo el vino. Y al concluir de escanciarlo, se dirigió al Maestro diciendo: «Dame permiso para ir a la ciudad y traer vino, porque éste se ha terminado».

Y él la miró detenidamente, y en sus ojos hubo un viaje y un país lejano. Y dijo:

«No, porque es suficiente por ahora».

Y comieron y bebieron, y se sintieron saciados. Y cuando terminaron, Almustafá habló con voz resonante y profunda como la del mar, henchida como la pleamar bajo la luna, y dijo:

«Camaradas y compañeros de viaje: con el día debemos separarnos. Durante largo tiempo hemos navegado en peligrosos mares y subido a la montañas más escabrosas; juntos hemos arrostrado las tormentas.

Hemos conocido el hambre, pero también nos hemos sentado juntos en festines de bodas. A veces hemos estado desnudos, pero también nos hemos puesto regias vestiduras. En verdad que hemos viajado hasta muy lejos, mas ahora nos separamos. Vosotros haréis vuestro camino juntos, mientras yo emprendo solo mi ruta.

Y aunque los mares y las vastas tierras nos separen, siempre seremos compañeros en el viaje hacia el Monte Sagrado.

Antes de que emprendamos nuestros diferentes caminos, os ofrendaré la cosecha y lo mejor de mi corazón.

Haced vuestro camino cantando, pero que cada canto sea breve, porque sólo las canciones que apenas afloran a vuestros labios vivirán eternamente en los corazones de los hombres.

Decid siempre una dulce verdad en pocas palabras, pero nunca digáis una verdad amarga en palabra alguna. A la doncella cuyos cabellos deslumbran al sol de la mañana decidle que es hija de la aurora, pero si veis al ciego no le digáis que es uno con la noche.

Escuchad al flautista como si escucharais al mes de abril, pero si oís al crítico, que sólo encuentra defectos en los demás, cerrad vuestros oídos y permaneced sordos como vuestros propios huesos y alejaos de sus palabras tanto como lo permita vuestra fantasía.

Compañeros y amados míos, en vuestro camino encontraréis hombres con pezuñas: dadles vuestras alas. Y hombres con cuernos: dadles guirnaldas de laurel. Y hombres con garras: dadles pétalos que les sirvan de uñas; y hombres con lenguas venenosas: dadles miel por palabras. Sí, encontraréis todo eso y mucho más: encontraréis al cojo vendiendo muletas y al ciego ofreciendo espejos. Y a los ricos encontraréis mendigando a las puertas del templo.

Dadle al cojo vuestra agilidad; al ciego vuestra visión, y procurad dar algo de vosotros mismos al mendigo rico: éste es el más necesitado porque probablemente ningún hombre tenderá la mano pidiendo limosnas a menos que sea realmente pobre aunque tenga grandes posesiones.

No os enseño el silencio, sino una canción para ser entonada en voz baja. Os enseño a conocer a vuestro yo más amplio, ese yo que contiene a todos los hombres».

Y se levantó de la mesa y fue directamente al jardín con paso presuroso y echó a caminar bajo la sombra de los cipreses cuando ya declinaba el día. Y ellos le siguieron a corta distancia, porque sus corazones estaban acongojados y sus lenguas pegadas a los paladares.

Sólo Karima, una vez que hubo retirado las sobras de la comida, se acercó a él y dijo: «Maestro, quisiera que me permitieseis prepararos la comida de mañana para el viaje».

Y él la miró con ojos que veían unos mundos distintos a éste y dijo:

«Hermana y amada mía: esa comida ya está hecha desde el inicio de los tiempos. El alimento y la bebida están preparados lo mismo para mañana que para nuestro ayer y para nuestro día de hoy.

Me voy, mas si me voy con una verdad no dicha, esa misma verdad me buscará y me reunirá nuevamente aunque mis elementos estén dispersos por los silencios de la eternidad.

Y si hubiera algo de belleza que no os hubiese manifestado, entonces nuevamente seré llamado por mi propio nombre, Almustafá, y os haré señal para que podáis saber que he vuelto a hablar y a decir todo lo que aún falta; porque Dios no permitirá que Él mismo sea ocultado a los ojos de los hombres, ni que su palabra perviva enterrada en los abismos del corazón humano.

Y viviré más allá de la muerte y cantaré en vuestros oídos después incluso de que la enorme ola de la marejada me devuelva a la vasta e inmensa profundidad del mar.

Me sentaré a vuestra mesa sin mi vestidura carnal, y con vosotros iré a vuestros campos en espíritu invisible.
Llegaré a vuestros lares y a vuestro hogar,
como invitado invisible.
Nada la muerte cambia, salvo las máscaras que cubren nuestros rostros: el leñador seguirá siendo leñador, labriego el labriego, y el que cantó su canción al viento la cantará también a las esferas que giran».

Y los discípulos se habían quedado inmóviles, como petrificados, y sus corazones estaban acongojados porque había dicho: «Me voy». Pero ninguno de ellos tendió la mano para retener al Maestro, ninguno siguió sus pasos.

Y Almustafá salió del jardín de su madre y sus pasos fueron rápidos y leves. Y en un instante, como hoja arrebatada por el huracán, se alejó de ellos. Y vieron una pálida luz que iba ascendiendo hacia las alturas.

Y los nueve emprendieron su camino de regreso. Mas la mujer permaneció todavía de pie en medio de la invasora noche, contemplando a aquella luz fundirse con las luces del horizonte en el crepúsculo; y se consoló en su soledad y en su tristeza con sus palabras: «Me voy, mas si me voy con una verdad no dicha, esa misma verdad me buscará y me reunirá nuevamente, y otra vez vendré».

NIEBLA

Y era entonces el anochecer.

Él había llegado a las cimas de las montañas. Sus pasos le habían guiado hasta la Niebla, y entre las rocas y los albos cipreses, permanecía de pie, oculto a todo, y habló y dijo:

«Oh Niebla, hermana mía,
blanco aliento no sometido aún a molde alguno.
Vuelvo a ti, un aliento blanco y sin voz,
Palabra no pronunciada todavía.

Oh Niebla, mi alada hermana niebla,
ahora estamos juntos
y juntos estaremos hasta el segundo día de la vida
cuando la aurora te deposite como gota de rocío en un jardín
y de mí haga un niño sobre el seno de una mujer.
Y juntos recordaremos.

Oh Niebla, hermana mía, vuelvo ahora a ti como un corazón
que se escucha en sus profundidades,
igual que tu corazón;
y un anhelo inquieto y sin objeto, como tu deseo;
y un pensamiento no cristalizado todavía,
igual que tu propio pensamiento.

Oh Niebla, hermana mía, primogénita de mi madre,
todavía sostienen mis manos las verdes semillas
que me invitaste a esparcir,
y mis labios están sellados
con el canto que me ordenaste cantar.
Y no traigo frutos ni ecos traigo,

porque ciegas fueron mis manos
y estériles mis labios.

Oh Niebla, hermana mía, mucho amé al mundo,
mucho el mundo me amó,
pues todas mis sonrisas están en sus labios,
y todas sus lágrimas están en mis ojos.
Hubo sin embargo entre nosotros un golfo de silencio
que él no podrá acotar ni yo podría traspasar.

Oh Niebla, hermana mía, inmortal hermana Niebla.
Canté para mis hijos las antiguas canciones
que ellos escucharon con el asombro pintado en sus rostros;
pero acaso mañana olviden la canción,
no sé a quién la llevará el viento.
Y aunque no era mía, sin embargo me vino al corazón
y por un instante se detuvo en mis labios.

Oh Niebla, hermana mía, aunque todo esto ocurrió,
en paz estoy.
Fue suficiente cantar a los ya nacidos.
Y aunque no sea mía la canción,
es de mi corazón el más profundo anhelo.

Oh Niebla, hermana mía, mi hermana Niebla.
Ahora soy uno contigo.
Ya no soy Yo.
Han caído los muros y se han roto las cadenas.
Niebla yo mismo, hacia ti asciendo
y juntos flotaremos en el mar hasta el segundo día de la Vida
cuando la aurora te deposite como gota de rocío en un jardín
y de mí haga un niño sobre el seno de una mujer».